KB212650

침묵의 소리

침묵의 소리

임현정

양영란 옮김

청미래

역자 양영란(梁永蘭)

서울대학교 불어불문학과와 동대학원을 졸업하고, 프랑스 파리 3대학에
서 불문학 박사 과정을 수료했다. 「코리아헤럴드」 기자와 『시사저널』
파리통신원을 지냈다. 옮긴 책으로『6시 27분 책 읽어주는 남자』, 『식물의
역사와 신화』, 『포스트휴먼과의 만남』, 『탐욕의 시대』, 『빈곤한 만찬』,
『그리스인 이야기』, 『왜 검은 돈은 스위스로 몰리는가』 등이 있으며,
김훈의 『칼의 노래』를 프랑스어로 옮겨 갈리마르 사에서 출간했다.

침묵의 소리

저자 / 임현정
역자 / 양영란
발행처 / 도서출판 청미래
발행인 / 김실
주소 / 서울시 용산구 서빙고로 67, 파크타워 103동 1003호
전화 / 02 · 739 · 1661
팩시밀리 / 02 · 723 · 4591
홈페이지 / www.cheongmirae.co.kr
전자우편 / cheongmirae@hotmail.com
등록번호 / 1-2623
등록일 / 2000. 1. 18
초판 1쇄 발행일 / 2016. 10. 5
      7쇄 발행일 / 2023. 11. 10
값 / 뒤표지에 쓰여 있음

ISBN 978-89-86836-65-3   03800

이 도서의 국립중앙도서관 출판예정도서목록(CIP)은 서지정보유통지원시스템 홈페이지(http://
seoji.nl.go.kr)와 국가자료공동목록시스템(http://www.nl.go.kr/kolisnet)에서 이용하실 수
있습니다. (CIP제어번호 : CIP2016023024)

고국에서 멀리 떨어진 곳에서 살아가는
모든 사람들에게

차례

"영원히 고국에서 벗어나서 살기란 가능하지 않아. 고국이란 그저 한 조각의 땅에 불과한 것이 아니라, 같은 것을 추구하고 느끼는 사람들의 마음의 총체이기도 하거든. 진정으로 자신의 집으로 느낄 수 있는 곳, 그곳이 고국이야."

빈센트 반 고흐
동생 테오에게 보내는 편지

·

아이다운 아이였던 적이 없는 나는 런던의 거대한 로열 앨버트 홀에 들어선다. 수천 명은 족히 된다. 살아 숨 쉬는 육체를 이끌고 이곳으로 모여든 사람들. 음악을 통해서 거룩하고 신성한 숨결을 듣고, 느끼고, 호흡하기 위해서. 그것에 시종하는 것이 내가 하는 일이다. 그 숨결, 하모니의 숨결은 나의 영원한 열망이다.

청중들에게 인사한다. 박수 소리가 잦아든다. 어떤 남자가 기침을 한다. 피아노는 잠자코 나를 기다린다. 의자에 앉고, 음악은 시작된다. 모든 것이 펼쳐진다. 음악은 그들이며, 나 자신이며, 당신이며, 침묵을 갈구하는 우리이다.

나는 아무것도 잊지 않는다. 여기에는 모든 것이 다 있다. 몸은 뜨거워지고 목은 타들어간다. 나는 사람들이 가지 않는 곳으로 가야 하며, 언제부터인가 잊혀진 것, 잃어버린 것을 다시 되살려야 하고 우리들이 한때 믿었던 것을 다시 찾아 데려와야 한다. 사라지고 싶기도 하고, 위험을 감수하고 싶기도 하고, 벌거벗고 싶기도 하다. 기쁨으로 회오리치는 나의 몸을 맡길 수 있는 거대하고 청량한 침묵의 호수에 대한 희망이 내 안에 있으니까.

11

정말 그렇게 될 때가 있다. 그때는, 온전하고 완전한 생명이 손을 내밀어 눈물로 뒤덮인 나의 뺨을 어루만진다. 그리고 비로소 나 자신을 만나고, 더 이상 두려워할 것이 없어진다. 어떠한 어둠도 막을 수 없는 빛이 여기에 있으니까. 빛, 그리고 음악. 상처받은 것들, 고통으로 헐떡이는 가슴, 모든 것이 지워진다. 그리고 나는 내면을 통해서 세상 안으로 들어간다. 드디어 자유롭다. 자유로워.

✳

한국

.

자유.
나는 그 자유의 이름으로 열두 살의 나이에 모든 것을
버리고 프랑스에 가서 살아보기로 결심했다.
한국에 가족과 친구, 고향을 남겨두어야 했다.

1

나에게는 꿈이 있었다. 자유의 꿈. 어린 시절의 나에게 그 꿈은 피아노라는 얼굴로 나타났다. 내가 세 살 때부터 매일 집에서 몇 분 떨어진 학원에 가서 만나던 피아노.

나는 유치원을 다니지 않았다. 나를 늘 곁에 끼고 살았던 엄마와 한 몸처럼 붙어서 살았다. 하루는 우리 집에 온 사촌 은정 언니가 나를 피아노 학원에 등록시키라고 엄마에게 귀띔했다. 피아노를 치면 양손을 다 활용하게 되어 좌뇌와 우뇌가 고르게 발달하게 된다는 믿음에서였다. 한국에서는 흔한 일이다. 대부분의 가정에서 업라이트 피아노* 한 대 정도는 들여놓고 자녀들에게 글자를 가르치듯이 피아노를 가르친다.

내가 태어난 안양은 서울에서 30킬로미터 정도 떨어진 중소도시로 그곳에는, 한국의 여느 동네와 마찬가지로 많은 골목마

---

* 피아노에는 그랜드 형과 업라이트 형의 두 가지 형태가 있는데, 그랜드 형이 원조격인 쳄발로의 형태를 계승한 것으로, 음량이 커서 연주회용으로 사용된다. 19세기 초반에 발명된 업라이트 형은 가로보다 세로로 긴 피아노로 크기가 작고 이동이 훨씬 용이하며 음량이 상대적으로 작으므로 주로 가정용으로 보급된다/역주

다 피아노 학원이 자리잡고 있었다. 우리 집은 음악가 집안이 아니었으므로, 클래식 음악은 낯선 것이었고, 모차르트나 베토벤 같은 이름은 들도 보도 못 한 종류에 속하는 것이었다. 하지만, 피아노는 나의 첫 번째 언어였다. 1, 2, 3, 4 같은 숫자나 ㄱ, ㄴ 같은 글자보다도 음표에 먼저 눈떴다. 나에게 음표들이란 악보 위에서 춤추고 박자 맞추는 콩나물 대가리들이었다. 오선지라는 아파트에 갇힌 작은 생명체들. 그것은 하나의 세상이었고 나는 피아노 선생님이 참 무서웠지만, 언제나 그 세상으로 다시 돌아갔다. 선생님은 예쁘고 키도 큰 데다 피부도 뽀얀 분이었지만, 선생님의 엄한 눈길은 늘 나를 겁먹게 했다. 내 안에서 느껴지는 피아노에 대한 엄격함과 마찬가지로.

　그렇다. 피아노를 통해서 나는 처음으로 의무라고 하는 것을 어렴풋이나마 접하게 되었다. 나는 이 악기가 내 운명과 연결되어 있다는 기묘한 감정에 사로잡혔다. 하루에 한 시간 정도 치는 것이 고작이었지만, 레슨이 끝날 무렵에 나를 데리러 온 엄마가 눈물범벅이 되어 있는 나를 발견하는 것은 드문 일이 아니었다. 그럼에도, 그렇게 무서운 선생님의 엄격한 태도에도 나는 그곳에 또 가고 싶어했다. 엄마가 "현정아, 피아노 배우는 거는 조금 더 크고 나서 할까?" 하고 물으면 그 질문에 나는 이렇게 대답했다고 한다. "엄마, 다 선생님이 나 잘되라고 그러시는 거야." 그만둔다는 것은 생각도 할 수 없었다. 피아노에 관해서라면 나는 어쩔 수가 없었다. 게다가 엄마는 내가 원하는 것이라면 무엇이든지 내 편이었다.

그 이유는 엄마가 꾼 태몽 때문이었다. 태몽은 수많은 옛날이야기에도 자주 등장하는 한국 고유의 전통이다. 태어날 아이의 성별은 물론 아이의 기질과 운명까지도 알려준다고 한다. 엄마는 자식들을 낳을 때마다 태몽을 꾸었다. 그리고 그 꿈은 항상 들어맞았다. 엄마는 도인이나 역술인을 찾을 때마다 번번이 "나라 밖에서 이름을 알릴 큰 자식"을 가지게 될 것이라는 말을 들었다. 열일곱 살에 처음으로 도인을 찾아갔을 때, 엄마는 그 말을 믿지 않았다. 그 뒤로 이어진 상담에서도 마찬가지였다. 남부 지방의 작은 시골 마을에서 태어난 사람에게는 사실 서울로 올라가는 것만 해도 그 자체로 엄청난 것인데 하물며 외국에서의 삶을 상상하기란……

그런데 나이 서른여섯이 되어 엄마가 꾼 태몽은 예전에 만난 도인들의 말을 재확인시켜주는 꿈이었다. 엄마에게 그 꿈은 너무나도 굉장하고 황홀한 태몽이었고 그 꿈이 엄마 배 속에 지금 막 아기가 들어섰다는 것을 알려주었다. 몸은 아직 그것을 못 느꼈지만 엄마의 혼령은 이미 그것을 알고 알려준 것이다. 아들들은 이미 다 컸고, 남편은 나이가 50이 넘은 상태였다. 또 아이를 낳으리라고는 생각도 하지 못했다. 그런데 엄마는 꿈이라면 믿지 않고는 못 배기는 사람이었다. 보이지 않는 세상과 소통하는 독실한 불교신자의 딸이었으므로. 형제 많은 집의 막내딸이었던 엄마는 한국의 남부 지방에서 보낸 자신의 복 받은 어린 시절 이야기를 언제나 행복을 가득 머금은 미소로 이야기하신다. 그곳에서 외할머니는 진정한 보살의 삶을 사셨다고 한다.

하루는 당시 열한 살이었던 당신의 아들—그러니까 나의 외삼촌—이 학교 수업이 끝나고 고기잡이 놀이를 하려는 마음에 강쪽으로 빙 둘러서 갔다. 책가방을 나무에 기대놓은 외삼촌은 물 위에 떨어져서 아롱아롱 흩어지는 햇빛이 물고기 비늘에 신비하게 반사되는 광경을 보며 온 정신을 빼앗겼다. 한참 후 돌아가려 하니 글쎄 책가방이 없어져 있었다. 외삼촌은 다음 날까지 해야 하는 숙제를 못 해 간다는 생각에 선생님한테 혼날까봐 덜컥 겁이 났고, 3킬로미터 정도 되는 길을 내내 엉엉 울면서 집으로 돌아왔다.

외할머니는 그때 며느리 하나와 벌써 여러 시간째 삼베를 짜는 중이었다. 엉엉 울며 아들이 집에 오자 지체 없이 손에서 일감을 내려놓은 외할머니는 아들을 데리고 스무 살 정도 되는 아들과 함께 사는 노부부의 집으로 갔다. 앞을 내다보시고 치유하는 능력의 소유자로 유명하신 외할머니께서 방문하자 노부부는 외할머니를 기쁜 마음으로 맞이했다. 하지만 외할머니는 그 집 아들의 일과를 물었고 그 아들이 나타나자, 별다른 말 없이 그저 가져간 책가방을 내놓으라는 말씀만 하셨다. 그런 적이 없다고 발뺌하는 그 아들에게 외할머니는 그가 오후에 나무를 벤 다음 책가방을 몰래 가져가 감추어놓은 장소까지 아신다며 뜻을 굽히지 않으셨다. "그렇다면 내가 그걸 찾으러 가야겠니?" 외할머니가 외양간 쪽으로 눈길을 돌리며 물었다. 노부부의 아들은 부끄러운 나머지 울음을 터뜨렸고, 당황한 노부부는 외할머니께 귀한 음식들과 선물을 드렸다. 그로부터 몇 년 후, 외할머니는, 전보가 도착하기도 전에, 아들과 관련해서 중대한 소식이 올 것이라고 예견했다. 실제로 바로 그날 외삼촌은 일하시는 도중 사고로 왼팔을 잃으셨다.

외할머니는 그런 분이었다. 매일 아침 몸과 마음을 깨우기 위해서 찬물로 목욕재계를 하고, 장이 서는 날이면 노인들이 파는 제일 시들시들한 채소를 사는 분이었다. 좋은 것은 다른 사람들이 가져가라는 뜻에서였다. 나의 엄마는 외할머니, 그러니까 자신의 엄마의 이런 초감각적인 능력을 부끄러워하셨는데, 지금은 엄마와 이모, 그리고 외삼촌이 함께 외할머니 이야기를 하실 때면 "큰 보살이 오셨는데 우리가 그때는 몰랐구나"라고 하시며 회상하신다. 이렇게 외할머니와 함께 절에서 지낸 시간과 각종 제례 의식, 명상 등이 몸에 밴 엄마는 언제나 꿈이 가지는 의미를 중요시하신다.

엄마의 유년기는 온통 축복받은 풍경으로 점철되어 있다. 상당히 부유한 양반집에서 태어난 엄마는 전쟁의 참화라고는 전혀 겪지 않았다. 엄마는 마당 쓰는 하인들, 탐스럽게 늘어선 과실수들 가운데에서 맛보았던 천국과 같은 분위기만 기억하신다.

여하튼 나이 서른여섯에 황홀한 태몽을 꾼 엄마는 분만을 앞두고 한 도인을 찾아갔다. 그 도인은 예전에 모든 역술인들이 엄마에게 말했던 것처럼 "나라 밖에서 이름을 떨칠 운명을 가진 큰 자식"을 낳게 될 것이라고 예언했다. 그때가 1986년 10월이었다.

그 도인이 나에게 현정(鉉靜)이라는 이름을 지어주었다. 나의 성인 "임(林)"은 숲을 뜻한다. 나의 이름 두 자 중에서 "정"은 고요함, 평화, 침묵 등의 뜻을 가지고 있다.

"현"으로 말하자면, 아주 큰 가마솥을 들어올리기 위한 솥귀, 즉 솥에 붙어 있는 귀처럼 나와 있는 손잡이를 뜻한다. 과거 한국에는 손잡이를 만드는 기술이 대대로 전해져 내려왔다고 한다. 이런 손잡이들 가운데에는 간혹 금이나 보석으로 제작하는 것들도 있을 정도였다. 큰 가마솥을 들어올리는 이 손잡이는 온 가족의 끼니가 달려 있는 반드시 필요한 물건을 상징한다. 하나만으로도 많은 사람을 먹일 수 있는 소중한 손잡이.

내 어린 시절은 이렇게 도인들이 예언한 운명, 미래의 문을 활짝 들어올릴 수 있는 그 소중한 손잡이에 대한 엄마의 확고한 믿음으로 짜여나갔다. 드디어 나타난 엄마의 큰 자식의 거대한 운명을 믿어 의심치 않았던 것이다. 엄마는 방금 태어난 딸이 때로는 몹시 무겁게만 여겨지는 현재의 문을 열어줄 것이라는 굳건한 믿음으로 내가 하는 모든 일들을 전폭적으로 밀어주셨다.

오빠들은 벌써 장성했고, 할아버지와 할머니는 돌아가셨으며, 사촌들은 멀리 살았다. 나는 엄마와 꼭 붙어서 거의 둘이서만 지냈다.

하루는 엄마와 내가 함께 공중목욕탕에 가는 길이었다. 다섯 살이었는데, 신호등이 노란불이 되면 자동차는 정지하여 보행자를 건너가게 해야 한다는 규칙을 그때 마침 막 배운 참이었다. 그것을 알게 된 것이 얼마나 기쁘던지 나는 "진짜로 그럴까?" 하며 신호등이 노란불로 바뀌자마자 신나게 달리기 시작했다. 그 순간 달려오던 택시 한 대가 나를 치었고, 공중으로 붕 뜬 내 몸은 이내 멀리 내동댕이쳐졌다. 엄마는 내가 죽었을 것이라고 생각했다. 그렇게 멀리 날아갈 정도라면……. **도저히 살았을 리가 없었다.** 그런데 나는 일어섰다. 양손에 빨갛게 긁힌 상처만 조금 있을 뿐, 아무렇지도 않았다. 나는 지금도 내 몸 어딘가에 묵직하게 치였던 그때의 느낌을 기억한다. 하지만 그뿐이었다. 아무 고통도 없었고, 잠시 캄캄해진 후 눈을 떠보니 갑자기 엄마로부터 저 멀리 떨어져 있었다. 이상했다. 마치 마법에 의해서 100미터쯤 떨어진 곳으로 날아가기라도 한 것처럼. 의아해하며 손을 탈탈 털고 일어나 주위를 돌아보니 엄마, 길 건너던 행인들, 택시 운전기사 등, 주위에 있던 사람들이 모두 나의 눈에 들어왔다. 오히려 난 그 사람들의 황망한 표정 때문에 와락 겁이 났다. 공포와 경악이 뒤섞인 그 사람들의 눈빛을 보며 결국 울음을 터뜨렸다.

그때 나는 내 위에 "반짝이는 별이 항상 따라다닌다"라는 것을 어렴풋이 깨닫기 시작했다. 그리고 그후로도 계속 그 의미를 되새김질하게 되었다…….

끊임없이 내 발길을 피아노 학원 쪽으로 잡아끈 것도 분명 나를 따라다니는 별이었을 것이다. 아직 음악을 만난 것도, 연주의 기쁨을 만난 것도 아니었다. 그렇지만 나는 계속해서 배웠다. 초등학교에 들어간 이후에도.

2

　매일 아침, 나는 일곱 시쯤 일어났다. 언제나 방바닥에서 엄마 옆에 착 달라붙어서 잤다. 엄마 몸에서 나는 고소한 냄새며 보드라운 피부, 나를 보호해주는 몸짓, 다정한 음성에서 잠시도 떨어지지 않았다. 엄마는 나의 모든 것이었다. 나의 구명 튜브이며 나의 집, 나의 힘이었다.

　매일 아침, 엄마는 작은 상 위에 준비한 따뜻한 음식들을 차려 놓으셨다. 나는 아침을 먹고 책가방을 살펴본 다음, 건물 계단을 쏜살같이 뛰어내려가 개천을 가로지르는 다리 쪽으로 향했다. 그 개천에서 친구들과 물놀이를 하고는 했다. 하지만 부모님과 함께 그 개천에 놀러간 적은 없었다. 야외에 나가서 즐기거나 휴가를 떠나는 일들은 우리 집과 거리가 굉장히 멀었다.

　학교 가는 길을 가다보면 멀리에는 언덕들이 있고, 내가 좋아하는 키가 크지 않은 난쟁이 나무들도 있었다. 잠시 돌 위에 서서 수면에 비친 흔들리는 내 다리를 꼭 잡고 꼬리 치는 물고기들을 내려다볼 수도 있었다. 기분 나쁘게 생긴 이끼들도 보였다.

학교가 끝난 후 마구 달음박질을 치던 저녁나절들. 엄마 품에 뛰어들기 위한 달음박질. 엄마의 눈에 어린 사랑을 향한 달리기. 그리고 나는 학원 가는 길로 들어섰다. 한 번도 엄마가 나의 책가방을 챙겨주신 적은 없다. 엄마는 그 부분을 지금까지 굉장히 자랑스러워하신다. 꼬불꼬불한 골목길로 들어서서 거리를 배회하는 개들을 피해가며 작은 시멘트 집들을 따라 걸었다. 나는 혼자만 아는 일종의 의식을 고안했다. "내가 500걸음을 걷기 전에 학원에 도착하면 학원은 닫혀 있을 거야."

나는 학원에 가고 싶었다. 그리고 동시에 학원이 닫혀 있기를 바랐다. 선생님이 너무 무서웠으니까……. 거의 언제나 검은색 옷만 입으시는 선생님은 웃는 적이 없으셨고, 내 손바닥에 떨어지는 선생님의 자는 아팠으니까……. 하지만 그래도 친구같이 느껴지는 음표들이 있었다. 다른 아이들과 더불어 칸막이 된 공간에서 배우던 음표들. 각자 자기 칸막이에서 익히던 그 음표들. 시간은 금세 지나갔다.

나는 서둘러 집으로 돌아와 엄마가 집에 계신지 확인했다. 한 번 확인하고 또 확인했다. 그런 다음 놀러나갔다. 그리 멀지 않은 개천 쪽으로. 동네 친구들이 거기에서 놀고 있었다. 개구리들도 있었다. 피아노에 의해서 지탱된 나의 어린 시절. 엄마의 눈길로 가득 채워진 어린 시절이었다.

3

나는 아버지의 눈길 속에서 아버지의 아버지의 부재를 읽는다. 일본으로 징용 나간 할아버지. 그때 아버지의 나이 일곱 살이었다. 어느 날 아침 일본 군인들이 몰려와 집안을 책임지고 먹여 살리는 가장을 강제로 끌고 갔다. 슬픔으로 갈래갈래 찢어진 친할머니는 혼절하셨다. 어린 아들은 일본 군인들의 바짓가랑이를 붙잡고 매달려서 애원했다. 하지만 그 어린아이의 아버지는 그렇게 그냥 끌려가고 말았다. 그후, 맏이인 그가 집안의 가장이 되었다. 겨우 일곱 살에 자기 말고도 다섯 아이를 먹여 살려야 했으니, 어떻게든 살아남는 것이 유일한 의무였다. 나무껍질을 먹어서라도, 뿌리를 먹으면서라도 살아남아야 했다.

아버지와 아버지의 형제들에게는 더 이상 먹을 것도 언어도 없었다. 일본 사람들이 벌써 30년째 나라를 점령 중이었으니까. 도처에서 기근이 극성을 부렸다. 학교에서 한국어는 자취를 감추어버렸고 아이들은 일본 이름으로 불렸다. 어쩌다 실수로 한국어를 하면 회초리 세례를 받았다. 젊은 여자들은 강제로 일본 군인들의 품에 안기는 처지가 되었다. 일본군을 위한 "위안부", 전쟁 중인 모든 전선으로 보내진 성노예.

해괴망측한 온갖 일들이 벌어졌다. 절은 파괴되고 문화는 말살되었으며, 일본 사람들은 산꼭대기에 수많은 쇠막대기들을 가차 없이 박았다. 기(氣), 다시 말해서 산에서 나오는 기운을 모두 차단시켜 큰 인물이 나오는 것을 방해하고 나라의 기운을 꼭꼭 막아 한국 민족이 산에서 나오는 기로 충만해지는 것을 방해하기 위해서였다.

5년에 걸친 일본 광산에서의 강제 노역을 마치고 돌아온 아버지—내 친할아버지—는 더 이상 5년 전의 아버지가 아니었다. 사람이라 하기에는 민망할 정도로 뼈만 앙상하게 남은 남자. 그리고 그 남자의 아들은 더 이상 어린아이가 아니었다. 이제 그 남자의 장남은 열두 살이었다. 어쩌면 모든 것은 너무 늦었을지도. 아마도 영원히 그럴 것이라는 쓸쓸함.

그로부터 몇 년 후 이번에는 한국전쟁이 발발했다. 그리고 이번에는 내 아버지가 군인이 되어 피를 나눈 형제자매라는 동족을 상대로 싸울 차례였다. 1950년 6월 25일 새벽 4시, 북한이 기습적으로 남한을 침략했다.

이와 같은 과거에 대해서 아버지는 통 말씀을 안 하신다. 그렇지만 나는 아버지의 음성에서 징용자의 절규를 듣는다. 아버지의 목청 속에는 강제로 빼앗긴 모국어가 담겨 있다. 그리고 그의 두 손에는 일본인들의 구타가, 몸속에는 과학의 이름으로 실험

쥐 신세가 된, 마취도 없이 생체이식을 당한 한국인들의 몸이 담겨 있었다. 아버지의 어깨에는 도저히 먹여 살릴 수 없었던 집안의 무게가, 뱃속에는 장남의, 한 남자의, 한 아이의 분노가 한 짐이었다.

아버지의 핏빛 어린 고통 속에는 한 민족 전체의 고통이 담겨 있었다. 아버지의 상처는 상상을 초월하는 폭력의 토양이었다. 언제까지고 계속될 고통의 토양이기도 했다. 아버지는 아주 오래된 종(種), 오래도록 살아남은 종에게서 보이는 염려스러운 힘을 가지고 계셨다. 아버지는 어린 나의 감수성이 부딪치는 갑옷, 단단한 벽이었다. 아버지의 지난날을 알지 못했던 나에게 아버지의 존재란 이해할 수 없는 것 그 자체였다. 아버지는 거인의 힘, 초자연적인 굉장한 힘의 소유자였다. 그런데 그 힘은 나를 안심시키기보다 겁먹게 만들었다.

종종 아버지는 노래를 부르셨는데, 그것은 거의 울음에 가까운 노래였다. 엄청난 고통으로 말미암아 더 이상 주체할 수 없는 한이 맺힌 그 노래. 지금 나는 나라의 역사를 넘어서 아버지만의 개인사가 있다는 사실을 알고 있다. 역사의 무게만 아니었어도 될 수 있었을, 지금의 아버지와는 다른 남자. 아버지 자신도, 나도 알 수 없고 어쩌면 오직 엄마만이 볼 수 있었던 한 남자의 역사.

엄마의 부드러움은 아버지라고 하는 불안한 대양과 어린 나의 감수성 사이에 놓인 거대한 모래밭이었다. 그렇다. 엄마는 나의 뿌리이고 나의 피난처이며 나의 경이로움, 나의 힘이었다. 때로는 기진맥진해진 엄마가 집을 비울 때 느껴야 하는 나의 불안이며 긴장감이기도 했다.

그래서 늘 학교에서 돌아오는 길이면 저 멀리서부터 보이는 우리 집 건물 옥상에 빨래가 널려 있는지 없는지 살폈다. 꼭 아들 테세우스를 태운 배가 돌아오기를 기다리는 아이게우스 같았다. 바다에 흰 돛이 펄럭이면 아들은 살아 있는 것이었다. 우리 집 옥상에 보이는 하늘을 향해서 펄럭이는 빨래가 나에게는 돛이었다. 엄마가 집에 계실 거라는 기대.

가끔 빨래가 널려 있지 않을 때도 있다. 그럴 때면 숨이 멎을 듯이 서둘러 헐레벌떡 뛰어갔다. 자꾸만 눈물이 나오려고 했다. 드디어 건물에 도착하면 불안한 마음을 추스르고 계단을 서둘러 올라갔다. 아버지가 지은 건물이었다. 길고 긴 다리 끝에 자리잡은 건물. 우리는 널찍한 옥상 테라스가 있는 맨 위층에 살았다. 아버지는 옥상에 텃밭을 만들어 손수 채소를 가꾸셨고 채소 기르기는 아버지 담당이었다. 그건 "사장님"의 즐거움이었으니까. 건물 세입자들은 모두 아버지를 그렇게 불렀다. 우리 아버지가 바로 건물 주인이셨기 때문이다. 아버지는 새로 올라가는 건물의 한 평 한 평을 꼼꼼히 감시하며, 자재도 손수 고르셨다. 우리 집 건물은 말하자면 아버지가 자신의 과거에 영원히 작별을 고하는 상징이나 다름없었다. 기근과의 작별. 고통과의 작별.

전쟁이 끝나고 극심한 가난에 시달린 아버지는 시장에 내다 팔려는 마음에 돼지 한 마리를 끌고 전라남도를 떠났다. 돼지를 팔아 번 돈으로는 인천행 기차표를 샀다. 그곳에 사는 통역사 친구 홍인선 씨는 아버지에게 3,000원을 빌려주셨다. 서울까지 가는 기차 삯. 아버지는 그렇게 어려울 때 자신을 도와준 그 친구분에게 아직까지도 큰 고마움을 안고 계신다. 아버지가 그분을 꼭 다시 만나는 날이 오기를 기도한다.

서울에 도착하자 남산 꼭대기로 올라간 아버지는 바쁘게 돌아가는 도시의 움직임을 한참 동안이나 지켜보았다. 아버지의 나이 스물네 살. 셔츠 한 장과 바지 한 장, 기차 삯을 내고 남은 거스름돈이 가진 것의 전부였다. 그리고 살고야 말겠다는 맹렬한 분노. 반드시 성공하고야 말겠다는 처절한 다짐.

그 무렵 미제 비누가 유행이었는데, 비누 한 개의 가격은 250원으로 50원 하던 국산 비누 값의 다섯 배였다. 두 비누의 유일한 차이점이라면 향기, 그리고 U.S.A.라고 새겨진 글자뿐이었다. 만난 친구들 여럿과 합심해서 아버지는 국산 비누 한 묶음을 사서 남대문 근처에서 불을 피웠다. 그리고 모든 비누들을 녹이고 향을 첨가하여 럭스(Lux)라는 상표의 새 비누를 탄생시켰다. 아버지는 거기에 USA라는 마법의 세 글자를 새겨넣으면서 글자 사이사이의 점은 찍지 않았다. 불법이라는 굴레를 비켜갈 수 있는 방편이었다. 비누는 날개 돋친 듯이 팔려나갔고, 덕분에 아버지는 날마다 쌀 두 가마니 값에 해당되는 돈을 벌었다.

얼마 지나지 않아 아버지는 화장품 가게를 열었고, 서울에서 함께 일한 친구를 따라서 안양으로 내려와 보안당 안경점을 운영하시면서 결국 건물 주인 사장님이 되셨다. 그리고 거기서 나의 엄마가 될 아내를 만났다. 아버지는 하루에도 여남은 개씩 새로운 사업 아이디어를 냈고, 협력 업체 수를 늘여갔다. 그리고 교도소의 수감자들에게, 그리고 초등학교 학생들에게 무료 시력 검사와 안경을 제안했다. 사업이 번창하게 되면서 아버지에게는 무서운 사업가라는 명성이 따라다니게 되었다. 그래도 아버지는 여전히 나무뿌리를 먹으며 주린 배를 채웠던 아이, 그래서 다시는 자기 가족이 배를 곯는 고통을 겪게 하지 않으리라고 맹세했던 아이였으며, 앞으로도 내내 그럴 것이었다.

내가 베토벤의 생애를 아주 깊이 파고들던 무렵, 아버지한테 작곡가가 겪은 정신적인 갈등에 대한 나의 생각을 이야기하자, 아버지의 소감은 딱 한마디였다. "다 멋있는 말이긴 한데 말이다, 그것 가지고 먹고살거리가 생기는 거냐, 어쩌는 거냐?"

건물은 말하자면 아버지의 힘이었다. 그것은 안양 최초의 고층 건물이기도 했다. 대리석으로 된 로비는 나에게 굉장히 인상적이었다. 회색의 차가운 느낌. 엘리베이터는 없었고 계단은 어두컴컴했다. 계단을 오르내릴 때마다 나는 너무 무서웠다. 사무실로만 이용되는 건물이었고, 아버지는 그 사무실들을 임대했다. 다리 제일 앞에 있는 빌딩. 안양 사람들은 그 건물을 그렇게 불렀다. 1층에는 약국, 2층은 삼성 사무실, 3층은 봉제 공장, 4층은 복음 교회, 그리고 5층은 우리 집. 건물은 그렇게 어른들의 세계였다. 매일 밤만 되면 완전히 조용했다. 사람이라고는 아무도 없었다. 엄마뿐이었다. 엄마 없는 날은 빼고.

가끔 엄마가 없는 날들이 있었다. 엄마가 없는 저녁도, 엄마가 없는 밤도 종종 있었다. 아버지와 엄마 사이의 긴장이 너무 고조되었을 때. 과거가 두 사람에게 계속 상처를 안겨줄 때. 나는 결코 그때를 미리 알 수는 없었다. 그래서 옆집에 사는 학교 친구가 몹시 부러웠다. 그 친구 엄마는 미용사라서 딸의 머리도 땋아주는 데다가 딸을 사람들이 자주 나드는, 언제나 재미있는 대화가 오고가는 미용실에 있게 했기 때문이다. 그게 그 엄마가 딸의 숙제를 도와주고, 준비물도 챙겨주고, 김치를 조그맣게 잘라주기도 하면서 딸을 돌보는 방식이었으니까.

나의 엄마는 나를 자유롭게 내버려두는 편이었다. 믿을 수 없을 정도로 자유롭게. 현기증이 날 정도로 자유롭게.

4

아침이면 학교에 갔다가 집으로 돌아왔다. 엄마가 집에 계실까? 빨래는 옥상에서 바람을 맞으며 펄럭이고 있을까? 아니, 혹시 빨래가 없는 것은 아닐까? 그리고 건물까지 달려왔다. 엄마가 돌아올까? 오늘 저녁에는 돌아올까? 엄마의 따뜻한 품에 다시 달려들 수 있을까? 너무도 부드러운 엄마의 몸을 다시금 느껴볼 수 있을까? 거기에 내 모든 어린 시절을 다 맡길 수 있을까?

나는 학원으로 달려가 피아노와 만났고 그곳에서 평정심을 되찾았다. 내가 벌어주는 시간이다. 불안감을 억누르는 시간. 그 빨래들이 다시 옥상 위에서 펄럭일 수 있도록 벌어주는 시간. 내가 엄마에게 돌아올 시간을 주는 시간.

가끔 나는 집 밖에서 밤늦도록 놀았다. 엄마가 나에게 허락한 자유. 그것은 자유이면서 동시에 고통이기도 했다. 나의 갈증을 증폭시키는 자유. 나는 부모가 걱정도 안 하는 아이, 부모가 완전히 신뢰하는 아이였다. 아주 대단한 신뢰. 나는 오히려 엄마를 챙기는 아이니까. 엄마가 어디 있는지 끊임없이 걱정하는 아이니까. 엄마가 몇 시에 돌아오는지. 엄마가 "어떻게 지내는지?" 어떤 날 저녁이면, 나는 엄마 옷에 코를 박고 엄마의 고소한 여운을 맡는 어린 여자아이니까.

아주 일찍부터 형성된 나와 피아노의 절대적인 관계는 거기에서 비롯되었다. 그 불안한 마음에서. 걱정에서. 피아노, 그것은 이 세상에서 가장 확실한 것이었다. 전혀 배반당할 걱정 없이 실컷 나의 마음을 주어도 되는 것. 믿어도 되는 것. 달음박질과 두려움으로 점철된 나의 어린 시절 동안 피아노는 하나의 밧줄, 앞으로 나아가기 위해서는 꼭 붙잡아야 할 단단한 밧줄이었다. 그것은 나의 머리 위에서 마치 약속한 듯 나를 보살피는 행운의 별, 바로 나의 "운명"이었다.

엄마는 늘 내 편이다. 엄마의 전폭적인 지지에 고무된 나는 텔레비전에서 들은 음악을 곧잘 따라 하고는 했다. 나에게 비발디의 음악은 특별히 더욱 감동적이었다. 「사계(Le Quattro Stagioni)」 가운데 「여름(L'estate)」. 이상하리만큼 친숙한 곡조였다. 이런 식으로 나는 조금씩 나만의 비밀 레퍼토리를 쌓아가면서 그 곡들을 피아노로 연주하고는 했다. 선생님의 강습 테두리를 벗어나는 것 같아 죄책감을 느끼면서도 말이다. 이러한 감정은 훗날에도 오랫동안 나를 계속 따라다녔다.

김종선 피아노 선생님은 언제나 철저하게, 그리고 세심히 살펴주시는 분이셨다. 선생님은 나에게 피아노뿐만 아니라 연필

쥐는 법이며 읽기, 쓰기 등도 가르쳐주셨다. 나로 하여금 솔페지오, 화음, 음색의 세계를 발견하게 해주신 분도 선생님이다. 선생님은 준엄했다. 올곧음의 귀감이었다. 언제나 자리를 지키시는 분. 선생님이 계신 곳에는 피아노도 있었다. 피아노는 자연스럽게 나의 친구가 되었다.

나와 피아노의 만남은 어떤 의미에서는 최초의 만남이라고 할 수 있다. 음악과의 만남보다 훨씬 먼저 이루어진 만남. 하지만 나는 프랑스에 간 이후에야 비로소 피아노의 영혼과 만나게 된다. 그렇게 되기도 전에 나는 벌써 평생 나의 동반자가 될 베토벤, 쇼팽, 모차르트, 하이든과 같은 작곡가들의 곡을 연주했다. 연주는 했지만 그 음악들을 진정으로 **만났다고는** 할 수 없었다.

그때까지는 기교가 뛰어난 것과 생동감이 있는 것을 구분하지 못했다. 뛰어난 기교는 나한테 그리 중요하지 않다는 사실을 아직 알고 있지 못했다. 하지만 생동감, 그렇다, 진정 살아 숨 쉬는 그 생동감은 꼭 나의 것으로 만들고 싶었다! 그러니까 기교의 천재라는 사람들이 나를 비판하는 바로 그 점.

"당신은 너무 살아 있군요!" 2007년에 내가 바흐의 프렐류드와 푸가 한 곡을 연주했을 때 들은 소리이다.

아무튼 내가 전적으로 존중받는다고 느끼는 유일한 공간은 피아노 앞에서였다. 영혼이 느끼는 행복감은 한참 후에나 찾아오게 된다. 이 시점에서 나는 아직 피아노를 일종의 의무로 받아들였다. 내면적인 명령. 나의 임무. 아무도 나에게 신동을 만들기 위한 교육법이라든지 아주 세세한 전문적 방식에 따라 손가락, 손목, 팔 놀리는 법, 자세를 유지하는 법 등을 가르쳐주지 않았다. 그리고 그것이 나에게 얼마나 큰 행운인지를 아직 나는 모르고 있었다. 이 작은 피아노 학원을 다닌다는 것이 얼마나 큰 행운인지를 짐작조차 하지 못하는 상태였다. 아무도 나에게 신동들이 강요받는 몸짓을 강요하지 않았으니까. 그렇다, 그것은 분명 다행이었다. 내 몸은 여전히 자유로울 수 있었으니까. 간혹 내가 사람들에게서 고양이처럼 연주한다는 소리를 듣는 것은 아마도 그 때문일 것이다.

요즘의 나에게 피아노는 하나의 도구일 뿐이다. 나는 온갖 종류의 피아노를 접해보았다. 야마하 사(社)에서는 런던, 파리, 서울, 도쿄, 필라델피아 등지에서 내 연주 일정이 잡혔을 때, 내가 마음에 드는 피아노를 선택할 수 있도록 자유를 주었다.

피아노도 생명체만큼이나 종류가 다양하다. 당신을 마술사로 만들어주는 피아노가 있는가 하면 당신을 아마추어로 전락시키는 피아노도 있다. 레퍼토리에 따라서 피아노에 대한 나의 요구는 달라진다. 피아노는 끊임없이 새롭게 발견해야 하는 존재이다. 그것을 느낄 수 있어야 한다.

요즘 우리가 쓰는 피아노는 건반의 터치가 아주 가벼웠던 과거의 피아노와 많이 다르다. 그때는 거의 입김만 불어넣어도 음악이 시작되었으니까……. 요새는 연속 공정에 따라서 대량으로 생산되다 보니 피아노들이 거의 비슷하다. 이런 피아노들은 예전의 살롱과는 거리가 먼 거대한 공간에서 음악을 연주하도록 고안되었다.

18세기와 19세기 레퍼토리 가운데 상당수는 오늘날의 피아노로는 연주하기 매우 어려운데, 그 이유는 이전의 피아노에 비해서 터치가 무거워도 너무 무겁기 때문이다. 어떤 피아노 곡들은 지금의 현대 피아노로 연주하기에는 어처구니없을 정도로 기술적으로 어려운 부분들이 있는데, 왜 작곡가가 이렇게 연주하기 불가능한 부분을 넣었을까 할 때가 있다. 하지만 같은 부분을 그 작곡가가 사용했던 깃털같이 가벼웠던 19세기의 피아노포르테로 연주하면 놀랄 만큼 쉬워진다.

나는 과거 피아노의 터치를 가진 현대 피아노를 꿈꾼다. 그런데 나의 이상이라고 할 수 있는 이런 피아노를 몇 번쯤 만난 적이 있었다. 얼마나 큰 은총이었던가! 얼마나 편하게 연주할 수 있었던가! 그 악기들이 가진 풍부한 음색, 무한한 색조 덕분이었다.

불과 얼마 전까지만 하더라도 나는 형편없는 수준의 피아노 앞에 앉게 되면 그날은 연주회를 망쳐버리고는 했다. 그런데 이제는 있는 그대로의 피아노를 받아들인다. 최선을 다하다 보면 악기쯤은 잊게 된다. 나는 악기가 아니라 음악과 사랑하는 관계이므로. 중요한 것은 표현할 수 없는 것조차 표현하려는 욕망이다. 중요한 것은 음악에 대한 나만의 독특하고 개인적이며 직관적인 욕망이다. 중요한 것은 내면의 침묵이다. 피아노는 그저 그곳으로 데려가주는 사공일 뿐이다.

5

안양에서, 나는 성장해갔다. 피아노 학원도 계속 다녔고 이제 바이올린도 배우기 시작했다. 배우고자 하는 나의 욕망은 채워질 줄을 몰랐다. 피아노 선생님의 조교로 갓 학원에 부임한 젊은 대학생 선생님도 나의 그 같은 욕망을 인정했다. 갈색으로 머리를 물들인 탓인지 조교 선생님에게서는 반항아적인 분위기가 풍겼다. 새 선생님은 처음부터 내 마음에 들었다. 그녀는 하루에 여덟 시간에서 열 시간씩 연습한다는 믿어지지 않는 피아노 천재들의 세계를 들려주었다. 그 천재들은 심지어 제대로 밥 먹을 시간도 없다고 한다. 그래서 아이들이 일분일초도 낭비하지 않도록 속칭 치맛바람 엄마들이 피아노를 연습하고 있는 아이의 입에다가 밥을 김에 싸서 넣어준다니! 자식을 신동으로 만들기 위하여 치마가 펄럭일 정도로 바람을 몰고 다니는 엄마들······.

그런 것들은 나를 흥분시켰다. 서울에 있다는 예원학교도 그렇다. 너무도 수준 높고 명성이 자자해서 오직 전국에서 제일 뛰어난 아이들만 입학이 허용되는 학교라니까. 서울대학교, 선생님 말을 듣자 하니 거기에 다니는 학생들은 거의 반쯤은 신적인 존재라는데, 그 대학교를 들어가기 위한 왕도가 바로 그 예원학교라니까.

그곳은 완전히 별세계였다. 이제껏 그런 세상에 대해서 아무것도 몰랐던 나는 거기에 가고 싶다는 갑작스러운 욕망을 품게 되었다. 거기에 가는 것이 나의 임무라고. 나는 현정이니까, 소중한 손잡이니까. 미래의 솥을 들어올리게 될 사람이니까. 엄마를, 그러니까 이 세상 전부를 구해야 하는 사람이니까. 그 무렵 나에게 엄마는 곧 세상 **전부였으니까.**

학교에서 "30년 후의 내 모습"을 주제로 글짓기 숙제를 내주었다. 아주 간단했다. "나는 세상의 빛이 되고 싶다"라고 썼다. 나는 엄마의 빛이 되고 싶으니까. "음악적인 영감을 얻어 많은 작곡가들의 소나타 곡 전곡을 녹음하여 판을 낼 것입니다"라고도 썼다. 엄마의 태몽을 존중하고 싶으니까. "우리 엄마 아빠는 이런 나를 자랑스럽게 생각하고 주위 사람들도 딸 하나 잘 키웠다고 할 것입니다"라고도 썼다. 엄마가 들은 "나라 밖에서 이름을 떨칠 운명을 타고난" 아이를 가지게 된다는 예언 속의 아이가 되고 싶으니까.

"저의 미래는 이렇게 화려할 것이고 너무 과장되다 생각하겠지만 나의 미래는 내가 개척해나간다고 생각하기 때문에 화려할 거라고 믿고 지금껏 내가 노력한 만큼의 미래를 얻을 것입니다……"라고.

치맛바람 엄마들, 예원학교, 서울대학교, 이 단어들은 내 상상력에 불을 지폈다. 길들여지지 않은 자유로운 기질이었던 나는 그런 단어들이 함축하고 있는 학업 리듬에 절대 익숙해질 수 없었다. 피아노 학원이 끝나면 나는 동네 친구들과 개구리를 잡기 위해서 개천으로 갔다. 우리는 고무줄놀이도 하고 잠자리를 잡으러 뛰어다니기도 했다. 무엇이 되었든 나한테 의무를 지우는 사람이라고는 아무도 없었다. 엄마도 아버지도 "숙제해라", "피아노 연습해라" 같은 소리는 한 번도 하지 않았다. 오히려 나에게 주어진 이 무한한 자유에 분개한 내가 유명한 대학 교수에게 과외 수업을 받게 해달라고 졸랐을 정도이다. 그래서 몇 번인가 수업을 받았지만, 나의 마음은 그다지 흡족하지 않았다. 너무도 좁은 울타리 안에서 숨이 막히는 것 같았다. 나는 슈만, 브람스, 라흐마니노프의 곡을 연주하고 싶은데 선생님은 모차르트만 가르쳤으니까.

더구나 나는 거의 어디를 가든 숨이 막혔다. 초등학교의 경우, 한국의 체제는 나 같은 아이에게는 적합하지 않았다. 한국 교육에서는 가야 할 길이 이미 다 정해져 있는데, 나는 그런 데에는 전혀 마음이 끌리지 않았다. 요컨대 내가 열망하는 위대함과는 거리가 멀었다. 게다가 우리 집은 전혀 음악가 집안이 아니었다. 집안에 음악을 하는 사람이라고는 한 명도 없었으니까. 그런데도 나는 피아노를 계속 하고 싶었다.

엄마는 어린 딸의 욕망을 들으시더니 여기저기 수소문했다.

필라델피아의 커티스나 뉴욕의 줄리아드 같은 유명 음악학교들. 많은 한국 학생들이 그런 학교에서 공부하고 싶어한다. 그것은 굉장히 좋은 기회이니까.

그러나 나는 베토벤이 숨 쉬던 공기를 마시고 싶었고, 쇼팽이 사랑한 거리에서 사랑을 하고, 라벨의 머리카락을 흩어놓던 바람을 느끼고 싶었고, 모차르트가 바라본 풍경을 나의 두 눈으로 직접 보고 싶었으며, 리스트가 잠에서 깨어나고는 하던 빛 속에서 잠을 깨고 싶었다. 나는 유럽을 원했다. 오래도록 이어져 내려오는 영혼을 간직한 유럽. 그것은 마치 오래된 기억 같은 것이었다. 타오르는 목마름. 나의 임무. 나의 꿈. 떠난다.

"유럽에는 어떤 학교가 있어?" 엄마에게 물었다.

파리 국립고등음악원(Conservatoire national supérieur de musique de Paris)이 있었다. 전설적이라고 할 만큼 유서 깊은 이곳은 일찍이 생상스, 포레, 라벨, 드뷔시 같은 음악가들이 공부한, 세계에서 가장 명망 높은 학교들 가운데 하나였다. 입학하기가 하늘에서 별 따기보다 더 어렵다는 명성이 자자한 학교. 프랑스 파리 국립고등음악원. 서울대학교보다 더 들어가기 어려운 학교. 프랑스 학교. 다른 어느 학교보다도 까다로운 학교. 프랑스 학교. 나는 노란 머리에 큰 코, 파란 눈을 가진 여자아이들과 더불어 프랑스에서 살고 싶었다. 멋진 모자를 쓰고 마차를 타고 다니며 불가능에 도전하는 것, 그것이 내가 정말 바라는 꿈이었다. 프랑스에서 피아노를 공부하는 것. 그렇다, 그것이 내가 원하는 것이었다. 하늘의 별 따기보다 더 어려운 꿈. 그렇다. 하지만 별이라면 나도 벌써 가지고 있지 않은가. 나를 항상 따라다니는 행운의 별. 날 지켜주는 그 수호천사 별이 저기 멀리 도도하게만 보이는 꿈의 별을 따도록 도와줄지도 모를 일이었다.

엄마는 찬성이었다. 아버지에게는 말도 안 되는 소리였고.

하지만 나는 "예"를 "위(Oui, '예, 그렇습니다'를 뜻하는 프랑스어/역주)"라고 말하는 너무 우스꽝스러운 프랑스어에 도전하고 싶었고 아주머니를 "마담"이라고 부르는 프랑스가 너무 궁금했다.

내가 이런 욕망을 키워나갈 때, 엄마는 아버지와의 긴장 상태에서 벗어나기 위해서 다시 한번 자취를 감추었다. 이번에는 엄마의 부재가 여느 때보다 길어졌다. 아버지는 나를 어떻게 해야 할지 몰라 전전긍긍해했다. 해결책은 하나뿐이었다. 떠나야 한다. 새로 태어나기 위해서 한국으로부터, 과거로부터, 아버지의 마음속에 마치 거대하고 무서운 두목처럼 떡 버티고 있는 폐허와 슬픔으로부터 최대한 멀리 떠난다.

엄마와 나, 우리 두 사람만이 해내기에는 불가능한 일, 그러니까 아버지의 응원이 필요했다. 어떻게 아버지를 설득할 것인가? 하루 종일 내내 졸라보았다. 소용없었다. 결국 나의 운명을 공들여 벼려준 것은 역술인이었다.

집에 돌아온 엄마는 도인 한 분을 집으로 오시게 했다. 거실에 모여 앉은 부모님과 나는 바닥에 놓인 두루마리 종이에 글을 써

나가는 도인의 모습을 불안한 침묵 속에서 지켜보았다. 도인은 아래위 온통 흰색 차림이었다. 얇으면서 풍성한 옷. 섬세한 옷. 나의 인생이 그분이 쥐고 있는 한 자루의 붓에 달려 있었다.

도인이 얼굴을 들더니, 갑자기 심각한 어조로 아버지를 향해서 말했다.

"선생님, 따님을 떠나게 하셔야 합니다. 한국은 따님에게 너무 좁습니다. 그걸 하지 못하게 하신다면 따님의 운명은 예정대로 활짝 피어나는 것이 아니라 시들어버릴 겁니다. 따님은 원대한 운명에 바쳐진 몸입니다. 그래서 저는 지금 당장 따님에게 사인을 하나 해달라고 해서 그걸 소중하게 간직할 작정입니다. 선생님께서도 제 말이 옳았다는 걸 깨닫게 되실 겁니다." 아버지는 보이지 않는 세계를 믿는 분이었다. 해마다 여러 차례에 걸쳐 조상님에게 드리는 제사를 지극한 정성을 다하여 올리신다.

각종 제물을 차려놓고 기도를 드림으로써 돌아가신 분들과 혼령의 세계에 감사와 존경을 표하는 것이 제사가 아닌가. 아버지는 가족들이 모이는 큰 잔치인 이 제사 의식을 좋아하신다. 늘 자신과 함께 있으면서 끝까지 꿈을 이루어나가도록 도와주는 조용하면서 강력한 힘을 느낀다고 하신다. 무에서 유를 창조하는 강력한 힘. 아버지를 그 지긋지긋한 가난에서 보안당 대선배님으로 만들었고 결국 큰 건물 사장님으로 만들어준 그 힘. 아버지는 그런 것들을 존중했으며, 거기에 순종하는 분이었다. 결국 아버지가 양보했다.

나는 가슴속에 인디고 블루 빛의 용기를 가졌다. 나는 그 머나먼 곳에서 무엇이 나를 기다리고 있는지 전혀 몰랐다. 내가 어떤 어려움을 겪게 될지 전혀 알지 못했다. 오로지 한 가지만 중요했다. 나는 떠날 것이다. 지구 반대편으로, 멀리, 멀리…….

6

이른 아침이었다. 앞으로 다시는 나에게 그런 아침은 없을 것이다. 나는 거의 잠을 자지 못했다. 하늘은 무겁고 대기는 끈끈했다. 감전이라도 된 듯이 집안 전체가 부산스러운 분위기 속에 놓여 있었던 만큼, 하늘이 한층 더 고요하면서 묵직하게 다가왔다. 모든 것이 빙빙 돌았다. 나는 집에서 9,000킬로미터나 떨어진 곳으로 떠나는 것이다. 엄마와 아버지는 이제야 비로소 딸의 출발이 현실이 되었음을 실감하시는 것 같았다. 하긴 그것은 나도 마찬가지였다. 유일하게 나를 불안하게 만드는 것이라면 부모님을 남겨두고 간다는 점이었다. 엄마를 혼자 내버려둔다니. 그 당시 내가 느낀 정확한 감정이 바로 그것이었다. 엄마는 아버지라고 하는 이 미지의 대륙 가까이에서 어떻게 지낼 것인가? 빨래는 계속 옥상에서 바람을 맞으며 펄럭일 것인가? 아버지는? 아버지는 심약해지지 않을까? 얼마 전에 함께 갔던 치과에서 의사는 아버지를 내 할아버지라고 생각했다. 아버지가 벌써 그렇게 나이를 많이 드셨나? 두 분은 어떻게 될까?

안양에서 공항이 있는 김포까지 줄곧 고속도로 풍경이 이어졌지만 나의 눈에는 아무것도 들어오지 않았다. 나는 계속 엄마에게 물었다.

"엄마, 괜찮겠어? 확실해?"

갑자기 엄마가 외마디 소리를 질렀다. 내 여권을 잊은 것이다. 우리는 차를 집으로 돌렸고, 끝내 멍한 상태로 공항에 도착했다. 큰오빠도 왔다. 출국하는 순간 오빠가 나한테 프랑스어-한국어 사전 한 권을 내밀었다. 내가 처음으로 가지게 된 그 사전은 그 후 몇 년 동안 늘 나와 함께했다. 난 프랑스어라고는 한마디도 못했으니까.

나는 자동문을 향해서 걸어갔다. 엄마에게서 나는 고소한 향기를 다시 되새겨보았다. 베토벤과 노란 머리 소녀들도 생각했다. 모든 것이 내 머릿속에서 뒤죽박죽이 되어버렸다. 나는 울지 않았다. 마지막으로 몸을 돌려 울고 계신 부모님을 향해서 억지로 웃어 보였다.

1999년이었다. 열두 살 먹은 나는 지구 반대편으로 떠났다. 두렵지는 않았다. 부모님 때문에 걱정이 되었지만 그래도 두렵지는 않았다.

나는 스무 살이 되어서야 고향 땅으로, 가족들 곁으로 돌아오게 되었다. 열네 살 때 아주 잠깐 다녀간 것을 빼면. 그런데 그때는 그것을 알 리가 없었다.

✳

콩피에뉴

1

  파리의 샤를 드골 공항. 프랑스 땅을 처음 밟은 아이였던 나는 현대적인 공항의 자태와 고속도로, 주변 풍경 등이 잘 아는 악보의 익숙한 음표들처럼 보였다. 반면 나를 대하는 "이모"의 태도는 왠지 너무 낯설었다.

  "이모"는 나를 데리러 한국으로 왔고, 우리는 함께 여행을 했다. "이모"는 엄마가 찾아낸 위탁 가정의 안주인으로, 엄마 친구 아들의 부인이며 여러 해 동안 프랑스에서 살았다고 했다. 이들 부부에게는 자식이 둘이 있었는데, 아들은 열여덟 살이고 딸은 열일곱 살이었다. 수학자인 남편은 가족을 부양하기 위하여 한국으로 돌아간 상태였고, 부인과 자녀들만 프랑스에 남아 있었다.

  나는 여자들끼리의 친밀함이라고는 엄마, 좀더 정확하게는 엄마의 부드러움과 끝없는 격려, 무조건적인 사랑밖에 몰랐다. 그녀는 자신을 "이모"라고 부르라면서 지금 막 도착하여 여행 가방을 놓고 숨도 못 돌린 나에게 갑자기 피아노를 한 곡 쳐보라고 했다. 딸의 방 한쪽 벽에 바짝 붙여 세워놓은 업라이트 피아노.

나는 쇼팽의 「에튀드 n° 5, opus 10」을 치기 시작했는데, 놀랍게도 마치 악기의 입을 손으로 틀어막은 듯이 둔한 소리가 났다. "이모"는 약음 페달을 풀면 안 된다고 완강하게 버텼다. 콩피에뉴의 레제르부아르 가(街)에 위치한 평범한 건물 3층의 침실 세 개짜리 아파트에서는 큰 소리를 낼 수 없었기 때문이다. 아들은 첼로를, 딸은 바이올린을, "이모"는 피아노를 공부하는 사람이었다. 그런데도 여기서는 소리를 크게 내서는 안 된다는 것이었다. 나는 그 사람들의 연주를 끝내 한 번도 들을 수 없었다. 애석하게도. 내가 계속 장난기 가득하고 놀이를 좋아하는 듯한 쇼팽의 음악을 신이 나서 연주하자 그 집의 딸은 나랑 같이 웃음을 터뜨렸다. 연주를 마친 나는 "이모" 쪽으로 몸을 돌렸다.

"이모"의 얼굴은 완전히 굳어 있었다. 유난히 검은 두 눈에서는 무서운 기운마저 느껴졌다. 마치 화가 나서 부들부들 떠는 것 같았다. "이모"는 자리에서 일어나더니 아무 말도 없이 거실로 나가 텔레비전을 켰다. 나는 뒤따라 나갔다.

"너 그렇게 피아노 쳐서 아무것도 안 된다. 너 유럽에 피아노 잘 치는 아이들이 얼마나 많은 줄 아니?" "이모"가 말했다. "난 네가 왜 여기 왔는지 모르겠구나. 넌 내 피아노로 연습하면 안 돼. 여기는 이웃집들이 있으니까. 네가 정 계속하겠다면 내가 교회 열쇠를 줄 테니 일주일에 두 번씩 거기에 가서 치렴."

"이모"는 이야기하면서 나를 쳐다보지도 않았다. 리모컨으로 연신 텔레비전의 채널들을 바꿀 뿐이었다.

엄마의 고소한 향기가 더더욱 그리웠다. 돌이켜 생각하니, 엄마가 얼마나 큰 사랑으로 나를 감싸주었는지 가늠되었다. 사랑과 신뢰. 그도 그럴 것이, "이모"가 뜬금없이 증오를 보였다고 해도 나의 용기를 꺾기는커녕 오히려 나의 욕망을 고조시키는 결과를 낳았으니까. 피아노를 치러 교회에 가지 뭐, 난 음악원에 들어가고야 말 테니까, 난 나의 별을 따고야 말 거니까. 한국을 떠나는 괴력까지 발휘한 지금, 그 어떤 불가능이 나에게 있을 것인가? 그러니 그것을 증명해 보여야지.

2

공원 한가운데에 자리잡은 기느메르 학교는 고성 같은 자태와 더불어 나에게 미래를 보장해줄 것 같은 매력을 가지고 있었다. 1999년 9월. 내가 프랑스에서 처음으로 다니게 된 중학교. 사립학교인데 대부분의 학생들이 프랑스 상류층의 부르주아 출신이다. **진짜로** 마담 솔레유(Soleil, 프랑스어에서 솔레유는 태양을 뜻한다/역주)라는 이름을 가진 수학 담당의 여자 담임선생님은 나를 반 아이들에게 소개하고, 클라라라는 아이의 옆자리로 자리를 정해주었다.

클라라는 노란 머리도 파란 눈도 아니지만, 코만큼은 확실히 유럽 사람의 코다웠다. 서양 사람의 얼굴을 그처럼 가까이에서 본 것은 나에게 처음 있는 일이었다. 어찌나 우아하던지. 나는 싫증도 내지 않고 그 아이의 얼굴을 요모조모 뜯어보았다. 신비스러운 서양 사람의 눈, 그 위를 빗자루로 쓸 듯이 스치며 지나가는 완벽한 곡선의 기다란 속눈썹에, 빛을 받으면 적갈색으로 보이는 갈색 머리와 솜털이 보송보송 난 섬세한 흰 피부, 그리고 복숭아 같은 볼에 나는 감탄했다.

다른 아이들도 나를 뚫어져라 살펴보았다. 콩피에뉴는 동양 여자아이들이 떼 지어 거리를 활보하는 곳이 아니니까. 이곳을 찾는 동양 사람들, 특히 한국 사람들은 아예 없거나 있어도 극소수였기 때문에 대다수의 아이들은 나를 중국 사람이나 일본 사람으로 여겼다. 2002년, 한국에서 열린 월드컵 축구 대회 이후로 한국이 조금 더 알려지기는 했지만 그 무렵 우리 반 아이들에게 나는 수천 년의 역사를 가진 아시아의 상징과도 같은 사람이었다. 그 아이들에게 나는 베트남 사람들이 쓰는 끝이 뾰족한 모자, 밭일, 논과 사무라이 등, 소도시에서 보낸 나의 어린 시절과는 하나도 어울리지 않는 이미지들의 상징이었던 것이다. 충격이었다. 다른 사람들의 세상이 자신이 아는 세상과 다를 수 있다는 사실을 상상도 하지 못하는 모든 아이들이 그렇듯이, 나는 한국이, 나의 문화가, 나의 삶이 나에게 당연한 것처럼 다른 아이들도 한국을 아는 것이 너무나도 당연하다고 생각했다. 그러나 그것이 아니었다. 오히려 그 반대였다.

얼마 지나지 않아, 나는 그 아이들 덕분에 빈정거림과 인종 차별이 무엇인지를 직접 겪게 되었다. 이따금씩 반 친구들은 동양 사람들의 특징을 흉내 낸답시고 눈을 짝 찢어서 나를 놀리거나 내가 속한 문화를 웃음거리로 만들었다. 내가 "piscine(수영장)"이라는 단어를 모른다는 사실을 알아낸 아이들은 그 즉시 한국에는 그런 것도 없다, 따라서 한국은 후진국이라고 결론을 내렸다.

나는 "patinoire(스케이트 장)"도 몰랐고, voiture(자동차), ordina-teur(컴퓨터), musée(박물관) 같은 말도 금시초문이었다. 나에게는 어휘력이 부족했다. 그런데 그 부족한 어휘력 때문에 반 아이들에게 한국은 그 어휘가 가리키는 사물조차 없는 나라가 되고 말았다. 프랑스어로 도통 말을 하지 못하니 반격에 나설 수 없었던 나는 차츰 내 안으로, 침묵 속으로 물러섰다. 세상을 향해서 열려 있는 언어의 문턱을 넘지 못한 채, 괴로움에서 도망치기 위해서 나의 영혼은 두 갈래로 갈라졌다. 하지만 이번에도 역시 피아노가 나를 구해주었다.

3

　"이모"는 나를 자신과 두 자녀가 7년째 다니고 있는 콩피에뉴 음악원에 등록시켰다. 안양의 소박한 피아노 학원에 익숙했던 나는 군더더기 없이 날렵한 선에 방마다 환하게 자연광이 들어오도록 지어진 엄청나게 큰 백색 건물에 깊은 인상을 받았다. 음악원에서는 앞으로 피아노를 가르쳐줄 마르크 오플레 선생님을 소개했다.

　남자 선생님은 나를 향해서 빙그레 미소 지으며 몇 마디 말을 건넸지만, 나는 하나도 알아들을 수 없었다. 선생님은 키가 무척 컸다. 온 얼굴을 다 덮은 긴 수염과 파란 눈 때문에 나는 겁을 먹었다. 선생님은 나를 피아노 교실로 데리고 갔다. "봉주르"라는 인사말 정도만 겨우 할까 말까 했던 나는 완전히 어리둥절해했다. 피아노 앞에 앉아서 바흐와 쇼팽의 몇 곡을 연주했다. 주의 깊게 나의 연주를 들은 선생님은 프랑스어로 무엇이라고 말했지만 나는 또 알아듣지 못했다. 그러자 선생님은 친절하게도 공책에 단어를 몇 개 적어주었다. "타고난 재능, 멋진 연주, 브라보."

"이모" 집으로 돌아오자마자 나는 큰오빠가 선물해준 사전을 향해서 달려갔다. "타고난 재능, 멋진 연주, 브라보." 믿을 수 없을 정도로 놀라운 기분이었다. 프랑스에 온 이후 처음으로 나는 긴장이 풀어지는 느낌을 받았다. 내면이 빛으로 환해지는 느낌. 선생님의 몇 마디가 나를 따뜻하게 감싸주었다. 마치 새 옷처럼. 다독거리며 위로해주는 응원의 언어. 그 말들은 엄마 같은 부드러움을 가지고 있었다. 그 때문에 나는 곧 엄마를 향해서 내가 품고 있던 욕망을 선생님을 향해서도 품게 되었다. 기대에 부응하겠다, 실망시키지 않겠다는 절실한 염원. 갑절로 노력해야지. 매주 교회에 가서 연습해야지.

나중에, 시간이 많이 지난 다음에, 오플레 선생님의 부인인 아녜스에게서 그날 상기된 얼굴로 집에 돌아오신 오플레 선생님에 대한 이야기를 들었다. 그분은 새로 온 제자 덕분에 몹시 행복하다고, 그날로 나를 상급 수준의 반으로 월반시키겠다는 요청을 했으며, 그래서 2월에 있을 졸업 시험에서 내가 콩피에뉴 음악원 최종 디플로마인 금메달을 딸 수 있도록 해보겠다고 말했다는 것이다. 등록한 지 5개월 만에 졸업을 시키겠다고 제안할 정도로 선생님이 나의 가능성을 믿으셨다니.

학교에서도 역시 피아노가 나를 구해주었다. 클라라의 우정에도 불구하고 줄곧 내 안으로만 침잠하고 있던 나는 칙칙한 침묵 속에서 세상을 관찰했다. 나는 내 안에서 꿈틀대는 분노, 고통, 슬픔, 상처의 각 감정들을 아주 정확하게 바라보는 법을 배웠다.

그렇게 하는 것이 나의 일상적인 명상이었고 거기서 많은 힘을 얻을 수 있었다. 빈정거림으로 인한 고립을 견디기 위해서. 나에게는 어휘가, 언어가 없었고 그래서 관계도 없었다. 나는 세상을 공부하고 사람을 공부했다. 우물 안에서만 살다가 갑자기 바다를 발견한 개구리 같다는 말이 강하게, 절실하게 느껴졌다.

위험은 어디에나 도사리고 있었다. 그러니 관찰이 필요할 수밖에. 나는 이해하려고 애쓰며 주의 깊게 살펴보고 분석하고 신중하게 두드려보고 검토했다. 그렇게 해서 우리가 얼마나 문화적, 사회적, 국가적, 정서적 틀이 만들어내는 조건에 노예가 되어 살아가는지 발견했는데, 순간 정신에 불이 번쩍 붙었다. 세상의 반대편에 있는 엄마를 생각하며 마음을 더 굳게 먹었다. 버텨야 하니까. 버텨야 해.

나는 인류학자, 민속학자, 사회학자가 되어야 했다. 인간들이란 개미에 불과하며, 의식이 깨어나 쉴 새 없이 작동 중인 열두 살 먹은 나는 그 개미굴을 지켜보는 중이었다. 나는 열두 살이며, 백 살이기도 했다. 애늙은이이며 혼자이고 천진하면서도 명철했다.

다행히도 나에게는 피아노가 있었다. 그날, 학교 수업 시간 도중에 음악 선생님이 갑자기 나에게 한 곡 연주해보라고 시켰다. 남자 선생님이었는데, 전 여학생들이 다들 너무 잘생겼다고 치켜세우는 인기 많은 선생님이었다. 놀란 나는 자리에서 일어나 마침내 나의 언어인 음악으로 나를 표현할 기회를 얻게 되어서 몹시 기뻤지만, 심장은 미칠 듯이 두근두근 떨렸다. 드디어 나의 진심을 이 말도 안 통하는 외국 사람들에게 전달할 수 있는 것일까? 쇼팽의 곡을 선택했다. 거기에는 아무런 두려움도, 언어도, 안과 밖도 없으며, 세상과 나와의 단절 같은 것도 없고 오직 하나, 단단히 결합된 하나, 기쁨, 경이로움만 있었다.

연주를 마치자 교실에 내려앉은 거대하고도 충격적인 침묵.

또 한번 피아노는 그렇게 나에게 세상을 열어주었다. 이제 아이들의 빈정거림 따위는 끝난 것일까. 코 높고 당당하다 못해 교만의 극치였던 아이들이 부끄러워하는 모습이 눈에 들어왔다. 나의 겉모습 마디마디를 다 잡아뜯으며 떼를 지어 신나게 놀리던 그 입들조차도 꼼짝하지 못했다. 어색했다. 전기가 흐르는 정막을 깨고 갑자기 그들은 손바닥이 터질 듯이 박수를 쳤다. 그 박수가 정말 나를 향한 것인가. 지독한 그들의 박수를 받았다면 이 세상 그 누구의 박수를 못 받으리! 숨통이 트일 수 있는 새로운 공간이 열렸다. 드디어 다시 "소통할" 수 있는 "상대방"이 생긴 것이다. 천천히 나만의 은신처에서 걸어나와 움츠러들었던 가슴을 펴고 과감히 앞으로 나아가볼 용기가 생긴 걸까. 아니, 당당히 나의 존재와 나의 진실을 용기 있게 드러낼 수 있는 자신이 생긴 것이었다.

학교와 음악원에서는 음악 덕분에 나의 처지가 좀 나아졌다고 해도, "이모"네에서는 전혀 그렇지 않았다. 갑갑한 긴장감이 감도는 분위기는 여전했다. 특히 매일매일 조금씩 나의 가족에 대한 끔찍한 말들을 듣게 되었다. 꼭 저녁 식사 시간이 되면 작심이라도 했다는 듯이 "이모"는 내가 모르는 나의 가족의 "진실"을 이야기해준답시고 지나칠 정도로 접시에 음식을 많이 담아 숨이 막힐 때까지 먹게 하는 희한한 식사를 차렸다. 엄청난 양의 밥 외에도 나는 잘게 잘게 갈아서 냉동시켜놓았던 의심스러운 스테이크도 꾸역꾸역 먹어야 했고, 국물은 사라진 매우 짠 된장국도 먹어야 했다. 내가 항의라도 할라치면, "이모"는 아프리카 아이들이 굶어 죽는 이야기를 했다. 그러면 나는 끔찍할 정도로 죄책감을 느끼며 구역질이 날 때까지 먹어야 했다. 결국 화장실로 가서 배속을 화끈거리게 하는 음식들을 남김없이 모두 게웠다. 반면 그 집 딸은 정상적인 양만 먹어도 괜찮았다. 내가 그 점을 지적하자 "이모"는 자기 딸은 나보다 나이가 많으니까 다이어트를 해야 하지만, 어린 나는 아직 더 커야 하기 때문이라고 했다.

"이모"는 집요하게 나의 부모님에 대해서 내가 알고 있던 것과는 완전히 다른 말을 했다. 나는 자식에게 공부를 제대로 시킬 수 없을 정도로 아주 가난한 집 딸이라서, 측은한 마음에서 자신이 나를 맡아주기로 했다는 것이라고 너무나도 차분한 투로 설명했다. 내 안에 표현할 수 없는 무엇인가가 요란한 침묵 속에서 산산이 깨져버렸다. 어른들이 던져주는 세계관을 믿지 못한다면 그 무엇을 믿으라는 말인가. 절대적으로 신뢰할 수 있고 진정으로 믿고 지탱할 수 있는 것은 도대체 무엇이란 말인가.

나는 혼란스러웠다. 어째서 엄마는 나한테 거짓말을 했을까?

그렇다면 부모님은 지금 어떻게 살고 계실까? 당시에는 요즘처럼 인터넷 전화라는 것도 없었다. 외국으로 거는 국제전화는 드물고 값도 비쌌다. 매일 밤 한국에 있는 남편에게 전화하면서 너무나도 애통하게 통곡을 하는 "이모"였지만 나에게는 아예 처음부터 한국 부모님 댁에 전화하는 것은 어려울 것이라 선포를 했다. 학교에서 돌아오는 길에 가끔 몰래 공중전화 박스 앞에서 걸음을 멈춰 한참을 망설였다. 프랑스로 떠날 때 엄마가 비상금으로 쓰라고 주신 돈으로 한국에 전화를 걸어 당장이라도 엄마 목소리를 듣고 싶지만 무슨 말을 해야 할까, 단 1초라도 걱정시켜 드리고 싶지는 않은데. 더구나 "이모"는 내 피아노 실력이 너무 형편없기 때문에 없는 처지에 부모님이 나를 프랑스로 유학까지 보낼 필요가 없었다고 틈만 나면 반복해서 말하는 터였다. 전화기를 들었다 놓았다 하다가 금방이라도 울음이 터져나올 것 같았지만 목 안으로 꼭꼭 억누르며 번호를 하나하나씩 눌렀다.

　고소한 엄마의 향기가 벌써부터 느껴졌다. 천사 같은 엄마의 "여보세요" 하는 목소리, 이 얼마 만이던가! 엄마의 음성에서 부모님이 나에게 숨기고 있는 우리 집의 그 어려운 사정이 들리지는 않는지 귀를 기울여보았다. 얼마나 힘드실까, 내가 그 사실을 알고 있다는 것을 아시면 더더욱 가슴 아프시겠지. 결국 난 활기찬 목소리로 아주 잘 있는 것처럼 천진난만한 열두 살짜리 소녀의 목소리를 내보았다. 그리고 그냥 잘 있다고만 말했다. 어느 날 저녁인가, "이모"가 자기 자식들이 집에 없는 틈에 주체하기 힘들 정도로 술을 많이 마시고는 울면서 내 침대에 누워버렸다는 이야기는 하지 않았다. 캄캄해진 방 안에서 그날 "이모"가 울면서 털어놓은 사연도 엄마에게 옮기지 않았다. 나에게 울부짖으며 자신도 피아니스트였다고, 그것도 교회에서 성가 반주를 하는 인기 좋은 피아니스트였는데, 그 사실을 내가 알기나 하느냐고 말한 것을.

어린 나로서는 이해할 수 없는 "이모"의 분노와 슬픔. 그래도 견딜 만했다. 거의 매일같이 밤부터 새벽까지 노발대발하시는 아빠에게 시달리며 나의 작은 몸으로 엄마를 보호하고 도망가려고 짐을 싸거나 오빠들에게 전화해서 도와달라고 뛰어다닐 때에 비하면 아무것도 아니니까. 그 냉정하던 "이모"의 한 타령이 너무나도 측은했다. 너무 술에 취한 "이모"가 갑자기 몸을 숙이더니 토하기 시작했다. 바닥으로 내려와 엉금엉금 기듯이 주방으로 갔고 세면대에서 물이 콸콸 흐르는 소리가 들렸다. 잠시 동안 당황해서 꼼짝 않고 있던 내가 거실로 나가보니 온 바닥이 더러워져 있었다. "이모"의 발길이 닿았던 방을 모두 깨끗이 닦으며 도와주려 애를 써보았다. 누군가의 뒤를 졸졸 따라가며 청소를 하다니, 그런 일은 태어나서 처음이었다. "이모"가 다시 내 방으로 와서 또다시 내가 쓰는 침대에 누워 잠이 들었다.

벽에 나의 몸을 기대어보지만 벽은 차가웠다. 모든 것이 차가웠다. 내 가슴속에서 신뢰라고 하는 거대한 빙하가 녹아내리고 있었고, 너무나도 추웠다. 강풍이 집들의 지붕과 나무들의 뿌리

째까지 몰고간 프랑스의 대사태가 났었던 1999년 겨울이었다. 밖에서는 강풍이 몰아치는데, 내 안에는 얼음 바람이 휘몰아치면서 나의 마음에 무성히 자라 있던 용기의 나무들을 사정없이 후려쳤다. 하지만 나의 가장 깊은 곳에는 이 모든 역경들에 굳건히 버티고 저항하는 무엇인가가 자리잡고 있었고, 그것이 음악이라는 사실을 그때 깨달았다. 그 순간 나는 내 인생에서 처음으로 진정 음악을 만난 것이다.

몇 년 후, 나는 캐나다-러시아-영국인 뿌리를 가지고 있으며 감칠맛 나는 남도 사투리 억양의 한국어를 구사하시는 스위스 국적의 너무나도 글로벌하신 비구니 무진 스님과 연이 닿았다. 스님 덕분에 나는 "그 무엇 '때문'이라는 것은 없다. 우리는 어떤 사실 자체 때문에 괴로운 것이 아니라 그 사실에 대해서 자신이 하는 해석의 결과로 인해서 괴로워한다. 그러므로 결국 우리는 그 고통을 멈출 수 있는 힘을 가지고 있다"는 것을 깨우치게 되었다. 이 말은 우리에게 정말로 우리의 삶을 바꿀 수 있는 힘이 있음을 뜻한다. 오늘 나에게 이 가르침은 중요한 깨달음으로서 많은 도움을 준다.

살고 있는 집에서 피아노를 연습하는 것은 불가능했지만 그래도 콩피에뉴 음악원 수업 외에 일주일에 약 두 번씩 "이모"가 말한 그 교회에 가서 연습할 수 있었다. 교회는 휑하고 손가락이 꽁꽁 얼 만큼 춥기는 했지만, 나 혼자만의 공간이었다. 드디어 자유로울 수 있는 곳. 내가 음표들을 통해서 암울한 분노를 폭발시킬 수 있는 것은 축복이었다. 내 안에서 솟구치는 격랑은 내가 그때까지 모르고 있던 곳으로 나를 이끌었다. 음악이 나를 잡아당기고 이끌었다. 내가 거기에 기대서 내 몸을 지탱할 수 있도록. 완전히 낯선 이 세계에서 음악만큼은 나만의 동굴, 나의 피난처, 내가 몸을 웅크리고 안길 수 있는 가장 은밀하고도 친숙한 존재였다. 피아노 앞에만 앉으면, 그곳이 어디건, 나는 내 집에 온 것 같은 기분이 들었다.

매일 밤은 울면서 한국에 전화를 거는 그 불쌍한 아주머니의 고함 소리로 가득 찼다. 그러다가 제3자가 있을 때면 그 어떤 일본인보다 예의의 극치를 자랑하듯, 정말 우스꽝스러울 정도로 완전히 다른 사람이 되어 행동하는 그 사람을 바라보며 나는 많은 혼란을 느꼈다. 그러나 "이모"를 도와주어서 그녀에게 사랑받고 싶은 어린 나의 바람은 더더욱 커져만 갔다.

잔인한 폭풍이 지나간 12월 추위에 볼에 딱지가 앉을 정도로 얼굴이 심하게 텄지만 바를 로션이 없어 "이모"의 딸인 언니의 책꽂이에 놓여 있는 로션을 따끔따끔한 얼굴에 발라보니 금세 매끄러워졌다. 그걸 본 언니는 "야, 그거 클렌징할 때 쓰는 거야"라고 하며 바로 압수를 했고 "이모"는 로션은 어른들이나 쓰는 것이라며 베풀어주기를 끝내 거부했다. 어서 빨리 봄이 오기를 기도했다. 그러나 엄마와의 머나먼 거리와 "이모"의 어지러운 말들 속에 고소한 나의 엄마의 향기는 점점 희미해져만 갔다. 이 모든 수수께끼 같은 일들이 마치 나를 계속 에워싸는 불길한 나방들 같았고 몸과 마음은 많이 지쳐가고 있었다.

4

　다행히 나에게는 다 잘될 것이라는, 어떻게 보면 너무 바보 같은 믿음이 언제나 존재했다. 그리고 라벨과 슈만, 내가 콩쿠르 금메달을 따기 위해서 연습 중이던 샤브리에, 나의 영혼과 소통하는 가장 친한 친구가 된 작곡가들이 있었다. 나에게 빙빙 돌려 말하지 않는 것은 음악뿐이니까. 그리고 나에게 닥친 이 모든 일들이 나로 하여금 세상에 눈을 뜨게 했다.

　어제까지만 해도 나는 그저 음표들을 연주했다면 이제는 삶을 연주한다. 오, 삶! 음표 사이사이에서 삶이 들린다. 다른 어떤 작품보다도 라흐마니노프의 「협주곡 2번」이 나에게 그런 반응을 강하게 일으킨다. 프랑스로 떠나오기 전 그 곡을 별다른 감흥 없이 들었던 기억이 있다. 그런데 그때는 그저 멀리서 웅웅거리기만 하는, 별 의미 없는 소리에 불과했던 그 곡이 이제는 내 마음을 이리저리 뒤흔들며 나를 동요시키는 것이었다. 어째서 나는 지금까지 이런 경험을 하지 못했을까? 멘델스존의 바이올린 콘체르토를 들을 때면 모든 것을 다 가진 사람이 된 것같이 마음이 부풀어올랐다. 차이콥스키도, 쇼팽도. 그들의 작품의 강렬함은 생사의 문제가 걸린 중대함으로 내게 다가왔다. 그 작품들은 더 이상 침묵할 수 없는, 그렇지만 말해서는 안 되는, 이제껏 내 안에서 숨죽이고 있었던 모든 것을 말하고 있었다.

교회로 가는 길에 턱에 흰 수염이 수북이 난 할아버지를 자주 마주쳤는데, 그는 한 손에 망치를 들고 뚜벅뚜벅 걸어다녔다. 그 할아버지를 볼 때마다 얼마나 겁이 나는지 재빠른 걸음으로 교회 안으로 들어가 조심스럽게 문을 닫았다. 시계가 없었던 나는 연습을 하다가 교회 안이 컴컴해진다 싶으면 종종 밖에 나가 지나가는 행인들에게 시간을 묻고는 했다. 피아노와 함께하는 공간에서는 시간조차 사라졌다. 완전히 몰두하다 보면 "나"라는 개념조차 없어지고, 그러면 나는 5분이 지났는지 두 시간이 흘렀는지 알지 못한다.

어느 날 저녁, 교회 안에서 빨간색 유리창을 통해서 어둠이 내리고 있는 것을 느낀 나는 여느 때처럼 시간을 물어보기 위해서 밖으로 나왔다. 거기 있던 할아버지가 기다렸다는 듯이 단호한 걸음걸이로 나를 향해서 걸어왔다. 내 다리는 마치 그 자리에 꽁꽁 얼어붙은 듯이 도대체 움직이지를 않고 심장은 베토벤 곡의 리듬에 맞춰 쿵쾅거렸다. 「월광 소나타(Mondschein sonate)」의 "프레스토 아지타토(Presto agitato)" 리듬. 머리 안은 불에 타들어가는 것 같았고 두려웠다. 할아버지는 이제 내 코앞에 와 있었다. 그제야 그의 얼굴이 자세히 보였다. 그런데 모든 긴장감이 사르르 다 풀릴 만큼 할아버지의 눈은 선량함이 뚝뚝 묻어났다. 할아버지는 외투 주머니에서 상자를 하나 꺼내시더니 나에게 내미셨다. "바깥에서 일을 하고 있으면 네가 연습하는 소리가 들리는데 피아노 소리가 참 아름답더구나……"하시며 나에게 작고 파란 알람 시계를 주셨다. 할아버지께 뭐라 할 수 없는 미안한 감정과 너무나도 고마운 마음에 어떻게 감사 인사를 해야 할지 몰랐다. 결국 몇 마디 우물우물한 다음 쑥스러운 나머지 얼른 도망쳤다. 그 할아버지는 처음으로 순수하게 나의 연주를 들어주신 분이다. 마음이 부풀어올랐다. 내 생애 최초의 청중. 나는 아직도 그 알람시계를 간직하고 있다.

때로 나 자신을 단단히 부여잡고 지탱해야 했던 밤과 같은 어두움 속에서, 할아버지는 내가 가는 길에서 만난 기쁨의 불이었다.

나에게는 또다른 기쁨의 불들도 있었다. 마리와 클레아. 프랑스-일본 출신의 쌍둥이 자매로 터너 증후군을 앓고 있는 이들은 내가 활력 있게 용기를 지켜나가는 데에 없어서는 안 될 두 요정들이었다. 두 자매의 용기는 정말 믿을 수가 없었다. 자신들이 직접 매일 놓아야 하는 주사와 복용해야 하는 약들, 그것을 보며 마약을 한다고 놀려대는 아이들, 그 조그마한 몸집의 클레아의 머리를 화장실 변기 안에 강제로 넣는 등 비인간적인 행동을 하는 아이들의 놀림 속에서도 절망하지 않고 굳건해진 마리와 클레아의 용기. 작은 키에 동양 출신이라는 뿌리 탓에 하도 놀림을 받다 보니 두 자매는 남과 다르다는 것이 무슨 의미인지를 누구보다도 잘 알고 있었고, 때문에 나를 가족처럼 살갑게 대해주었다. 마리와 클레아는 한 번도 불평하는 법이 없었다. 두 친구의 지지로 힘이 난 나는 있는 힘껏 그들을 방어해주었다. 클레아가 한 무리의 아이들에게 또다시 모욕을 당하던 날, 내가 무리 중에서 가장 큰 여자아이에게 보기 좋게 따귀를 날리자 나머지 아이들은 알아서 제자리를 찾아갔다.

5

나날이 나아지고 있는 프랑스어 실력 덕분이었을까. 자신감이 생겼다. 학교 선생님 마담 트라베르시에르 덕이 컸다. 프랑스는 여자 선생님을 학교에서 "마담"이라 부르고 남자 선생님은 "므 슈"라고 부른다. 마담 트라베르시에르는 내가 만난 또 하나의 기 쁨의 불이었다. 큼지막한 체구에 곱슬머리인 선생님은 학생들에 게 항상 귀를 기울였고 배려가 깊은 분이었다. 어느 한 학생을 지목해서 무엇인가를 물을 때면 커다란 안경 너머로 보이는 지 혜롭고 생기 있는 눈길에서 선량함이 느껴졌다. 나는 프랑스어 동사 변화에 굉장한 흥미를 보였다. 나한테는 일종의 퍼즐 놀이 같이 재미있었다. 나는 동사 변화를 통해서 표현되는 수많은 뉘 앙스에 경이로움을 느꼈고, 규칙을 벗어나는 예외적인 사항들에 대해서는 마치 독특한 인물을 대하듯이 애착을 보이며 배우는 즐거움에 시간 가는 줄을 몰랐다.

한국의 교육 체제는 세계에서 가장 엄격한 편에 들어가기 때 문에 학업 수준도 대단히 높다. 주당 50시간이 넘는 수업 시간과 더불어 아이들은 미친 속도로 질주해야 한다. 학교 수업이 끝나면 사설 과외 학원들이 바통을 이어받아 자정까지 아이들을 공부시킨다. 심한 경우 초등학교 때부터 이런 식으로 공부한다. 나는 안양에서 자라는 동안 그처럼 광적인 리듬으로 생활하지 않았는데도 불구하고 프랑스에 오니 다른 아이들보다 학업 수준이 월등히 높았다. 프랑스 중학교 2학년 수학 수업 수준이 한국 초등학교 수준이었다. 게다가 놀랍게도 계산기 사용이 허락되었다. 한국에서는 상상도 할 수 없는 일이었는데. 덕분에 프랑스어에 대한 나의 무지는 한국에서의 학업 덕분에 상쇄되었다. 더구나 이 점은 나도 프랑스에 와서 알게 되었는데, 나는 한국에서 이미 학습하는 방법을 터득한 상태였다.

프랑스어는 곧 내가 가장 아끼고 좋아하는 과목이 되었다. 나는 트라베르시에르 선생님이 언어의 장벽을 뛰어넘으라고 보내주는 열렬한 격려에 보답하기 위해서 열성을 다했다. 지금은 프랑스인들이 내가 프랑스에서 태어났다고 생각할 정도로 발음하는 데에 아무런 문제가 없지만 도착할 무렵 나는 "oui(네)", "non(아니오)", "madame(부인)", "bonjour(안녕하세요)" 정도만 알고 있었고 그나마도 제대로 발음하기가 몹시 힘들었다. 그런 내가 이제 하루에 새 단어를 50개 내지 100개씩 외웠고 그 단어들을 오래도록 기억하기 위해서 쉬지 않고 공책에 써내려가면서 외웠다. 내게 프랑스어 정복은 그야말로 최고의 "멋"이었다! 조금씩 실력이 나아질 때마다 나는 환호했고, 6개월이 지나자 프랑스어로 생각하고 꿈도 프랑스어로 꾸었다⋯⋯. 나는 날아갈 듯이 기뻤고, 선생님도 좋아하셨다. 나는 한국에서는 어떤 선생님으로부터도 그처럼 전폭적인 지지를 받은 적이 없었다.

한번은 트라베르시에르 선생님께서 갑자기 수업을 중단하시더니 그 커다란 안경 너머로 나를 주목하시면서 내가 알아들을 수 있게 천천히, 그것도 모든 아이들 앞에서 우렁차게 이야기하셨다. "네가 프랑스에 온 지는 겨우 몇 달밖에 안 되지만 네 노력과 의지, 그리고 향상 속도가 믿어지지 않을 정도로 탁월하구나. 너희들도 모두 이 한국 여자아이를 본받아 더욱더 열심히 공부해야 한다!"

정말 믿을 수 없는 일이었다. 말도 잘 못해서 수업 시간 내내 기가 죽어 움츠러들어 있을 만한 나를 선생님은 그렇게 전적으로 용기를 북돋우며 지지해주시는 것이었다. 다른 선생님들 대다수도 나의 노력을 인정해주었다. 프랑스어의 장애 문제가 덜 해당되는 수학, 영어, 체육, 미술 과목의 경우, 나는 평균보다 앞선 편이었다. 반면, 생물, 지구과학, 역사 과목에서는 다른 친구의 공책을 빌려와 사전을 뒤져가며 거기 적힌 단어들을 전부 우리말로 번역하며 옮겨 적었다. 한 페이지를 공부하는 데에 무려 네 시간이 걸렸다.

분기 성적표를 받아 보니 프랑스어 점수 옆에는 나와 같은 아이가 평생 잊지 못할 소견이 적혀 있었다. "끈기와 노력의 모범 사례! 뛰어난 결과! 계속 그렇게 하세요!" 더구나 선생님들 모두가 나에 대해서 호의적인 의견 일색이었다. 너무 놀라서 믿을 수가 없었다. 기느메르 학교에서는 해마다 최우수 학생들을 선발해서 상을 주는데, 그해에 나를 위해서 최초로 새로운 종류의 상이 만들어졌다. 빠른 발전을 보인 학생을 위한 특별상. 두꺼운 책 한 권을 상으로 받은 나는 어렸을 때 나에게 큰 꿈을 가질 수 있도록 언제나 격려해주신 엄마의 지원을 느꼈고 또 엄마의 무한 신뢰에 보답하기 위하여 더욱더 열심히 하고 싶었던 어린 내가 생각이 났다. 격려가 얼마나 훌륭한 자극제가 될 수 있는지를 다시 한번 느꼈다.

　음악원에서도 나는 오플레 선생님과의 수업이 마냥 좋았다. 대단히 효과적이면서 아주 독특한 이미지를 통해서 음악의 영감을 일깨워주는 선생님만의 방식. 가령 샤브리에의 「부레 팡타스티크(Bourée fantastique)」(부레는 춤곡의 일종/역주)를 공부할 때 선생님은 우스꽝스럽고 떠들썩한 광대로 변했다. 라벨의 「물의 유희(Jeux d'eau)」를 칠 때는 선생님에게서 환한 빛을 내는 액체 같은 느낌이 났다. 오플레 선생님은 독특한 표현을 만들어내시며 어떻게 설명할 수 없는 음악적 영감에 너무나도 우아하게 단어를 슬며시 얹으셨다. 음악에 대한 사랑을 정말 남다르게 전달하는 선생님의 수업 시간에는 시간 가는 줄을 몰랐다. 선생님은 학생 각자를 더할 나위 없이 존중하며 우리가 우리 안에 가지고 있는 그 무한한 공간, 세상의 조화가 변화무쌍하게 날개를 펼치는 그곳을 발견하도록 부추겼다. 선생님은 말하자면 열어주는 분이었다. 길을 열어주면서 우리가 그 길을 따라가도록 손을 잡아주셨다. 안과 밖을, 선생님이 그토록 사랑하는 음악을 열어주셨다. 절대적으로 사랑하는 음악.

나는 2월에 열리는 콩쿠르까지 선생님을 믿고 따랐다. 때는 이제 2000년. 새 천년이 막 시작되었다. 졸업장을 받기 위해서 내가 처음으로 치르는 콩쿠르였다. 채 열네 살이 안 되었을 때였다.

6

드디어 음악회 전날이 왔다. 한국으로 전화해서 부모님의 목소리라도 듣고 싶었다. 이번에는, 이번에는 나도 좀 떨리고, 이번에는 나도 겁이 좀 나는 까닭에 감히 나의 불안한 마음을 부모님께 털어놓았다. 나도 다 안다고, 집안의 금전적인 형편에 대해서 다 알고 있다고. 하지만 대화는 빠르게 이어지고, 우리는 콩쿠르에 대해서, 내가 내일 치를 금메달을 주는 콩쿠르에 대해서 짧게 이야기했다. 엄마의 기대가 느껴졌다. 나는 긴장된 상태에서 웃으면서, 한국에서 내가 쓰던 밥공기를 보내달라고 부탁 했다. 그 밥공기를 "이모"에게 주면 너무도 묵직한 음식이 잔뜩 담긴 끔찍한 접시 세례를 면할 수 있을 거라는 마음에서였다.

수화기를 내려놓으면서 운명에 매우 강력한 영향을 끼치게 될 결정적인 순간을 앞두고 있다는 묘한 감정에 사로잡혔다. 나의 인생을 좌우할, 내가 잘 알지 못하는 그 무엇인가가 지금 진행되고 있다. 혹시 날 따라다니는 행운의 별과 관련이 있는 것은 아닐까 기대되었다.

다음 날 아침 어른 일색인 콩피에뉴 음악원의 졸업 콩쿠르 지원자들을 보며 나는 그 행운의 별에 매달렸다. 그 별과 오플레 선생님의 환한 미소에. 척 봐도 이제 겨우 열세 살 먹은 나에게는 아무런 가능성이 없어 보였다. 하지만 그래도 내 별이 있으니까. 선생님의 미소가 있으니까.

그리고 음악도 있다.

나는 미칠 듯이 두근대는 가슴을 안고 무대에 들어섰다. 경사진 연주 홀은 이미 만석이었고 피아노는 심사위원들 앞쪽에 놓여 있었다. 아주 가까이에. 그들의 몸이, 심장이 뛰는 소리가 느껴질 정도였다. 지금 나의 연주에 점수를 매길 준비를 하고 있는 심사위원들 각자의 삶을 생각해보았다. 이 사람들은 이 자리가 아닌 곳에 있을 때는 어떤 사람들일까? 쪽진 머리의 여자 심사위원, 안경을 낀 남자 심사위원이 눈에 띄었다. 모두가 전부 눈에 들어왔다. 그때 갑자기 오플레 선생님의 미소가 떠올랐다. 좋아, 이제 시작하자. 나는 연주에 홀딱 빠져들어 모든 이야기를 들려주었다.

텅텅 빈 교회의 그랜드 피아노 위에 올려놓은 나의 파란색 알람 시계, 고향 안양의 개천가에서 물고기들을 구경하는 어린 나, 우리 집 건물 옥상 테라스에서 바람을 맞아가며 뽀송뽀송 말라가는 이불보, 엄마에게서 나는 고소한 향기, 내 손바닥을 내려치는 선생님의 막대자, 길 건너편에 있는 목욕탕에 가는 도중 건너는 신호등, 노란불에 길을 건너는 나를 구해준 행운의 별, 클레아, 마리와 함께 까르르 웃고, 아버지의 시선도 꿰뚫어본다, 그 속에서 아버지의 고통이 보인다, 아버지의 심장을 내 손 안에 조심히 가져가 그것을 사랑의 바다에 풍덩 담그고 싶다. 그러면 아버지는 평생 춥지 않을 테니까, "이모"도 아프지 않을 테니까. 그렇게 끊임없이 피아노를 치며 이야기를 했다. 나는 살아 있으니까, 이 세상의 모든 슬픔과 고통보다도 음악은 강하니까. 나는 그 사실을 알았다. 그것을 온몸으로 느끼고 있으니까. 나는 연주를 하며, 그들에게, 심사위원들에게, 피아노로 그 이야기를 들려주었다. 모든 것을 그들에게 다 말해주었다.

그후 끝날 것 같지 않은 긴 하루가 이어졌다. 견디기 힘든 기다림. 선생님이 나타나셨을 때 나는 이미 지치고 기운이 다 빠진 상태였다. 므슈 마르크 오플레. 선생님은 행복한 얼굴로 내가 상상조차 할 수 없는 말을 하셨다.

"브라보, 림, 네가 금메달을 땄어." (선생님은 "현정"이라는 발음을 하지 못하셔서 나를 "림"이라고 부르셨다.)

어쩌면 나는 너무 좋아서 울었던 것 같다. 아니, 울지 않았던 것 같기도 하다. 잘 모르겠다. 아무것도 모르겠다. 그냥 달렸다. 맞다, 그것은 확실히 기억한다. 음악원의 공중전화 박스가 있는 카페테리아의 후미진 구석을 향해서 달려가 부모님께 전화하며 속사포처럼 빠르게 말하니 기뻐서 어쩔 줄을 모르시는 엄마의 목소리가 들렸다. 엄마가 이곳, 콩피에뉴로 한 달 동안 나를 보러 오겠다는 소리도 들렸다. 그제야 나는 실감이 났다. 그래, 금메달, 그거 내가 땄지. 내가 정말로 딴 금메달은 그리운 그 고소한 향기의 엄마가 프랑스의 콩피에뉴로 한 달 동안이나 나를 보러 오시는 것이다. 야, 이거야말로 정말 진정한 메달이다!

7

엄마가 오셨다. 그토록 그리웠던 엄마의 향기, 그리고 엄마의 온화함도 함께. 엄마는 친구분, 그러니까 남편을 보러 한국으로 간 "이모"의 시어머니와 함께 오셨다. 언제부터인가 엄마는 프랑스에서 무슨 일이 있다는 것을 짐작하고 있었고, 그래서 한번 가봐야겠다고 생각하셨단다. 엄마도 느끼고 있었다. 엄마는 다 안다.

밤이 되었다. 모두들 잠자리에 들었고 나는 엄마 품에, 엄마 몸의 곡선이 만들어내는 움푹한 공간에, 엄마의 향기와 조화, 아름다움 속에 안겨 있었다. 단지 한 시간뿐이라도 나는 아이가 되어 나 자신을 맡기고 싶었다. 딱 한 번만이라도 음악이 아닌 엄마의 품에 말이다. 엄마의 두 팔이 나를 얼러주는 동안 나는 울었고 끊임없이 우리는, 엄마와 나는, 말없이 울음을 삼켰다.

나는 엄마한테 아무 말도 하지 않았다. 그래도 엄마는 안다. 다 안다.

다음 날, 모든 일은 일사천리로 진행되었다.

피아노 수업에 엄마를 모시고 가 오플레 선생님을 소개했더니 선생님은 나에게 엄마가 있음을 알고 몹시 놀라셨다. "이모"가 선생님에게 내가 고아인데 나를 인정상 돌보아주고 있고, 앞으로 나를 캐나다로 데려갈 예정이라고 말한 탓이었다. 정말 어이가 없었다. 놀란 엄마는 나의 학비와 비싼 음악원 수업료 명목으로 우리는 꽤 많은 액수의 돈을 "이모"에게 매달 보내고 있는 중이라고 말씀드렸다.

"그럴 수가, 음악원은 공립입니다!" 오플레 선생님이 기가 막힌다는 듯이 소리쳤다. 공립이므로 수업료가 매우 싸다는 말이었다.

그렇다. 내 부모님은 가난하지 않았다. 그 여자가 거짓말을 한 것이었다. 우리 모두에게. 나 몰래 우리 집에 전화를 걸어서 내가 프랑스어에서도 피아노에서도 전혀 발전이 없다고도 말했다니. 그렇다면 어른들도 거짓말을 한단 말인가? 나는 그런 말들과 "어른들"이 대수롭지 않게 여기며 저지르는 미친 짓들을 관찰해본다. 진실의 투명한 물이 나를 진정시키고 나는 그 물의 근원까지 거슬러 올라가고 싶다. 그외의 그 어떤 물도 가까이 하고 싶지 않다.

엄마는 그 즉시 짐을 싸고 그 여자의 집에서 나오기로 결정했다. 우리는 그날로 콩피에뉴 시내의 한 호텔로 옮겼고 나에게서는 진정하기 어려운 울부짖는 듯한 웃음이 계속 쏟아져나왔다. 안에 쌓여 있던 모든 긴장감이 풀어진 듯한데, 나는 그동안 내가 얼마나 긴장하면서 살고 있었는지 헤아리지 못하고 있었던 듯했다. 현기증이 날 정도로 모든 것이 조화로웠다. 드디어 나는 엄마와 단둘이 프랑스의 한 호텔에서 안전하게 자유를 만끽하며 숨을 돌렸다. 나의 어린 눈으로 볼 때, 이렇게 부러워할 만한 처지에 있었던 것은 처음이었다. 하지만 다른 관점에서 보자면 이 상황은 큰일이 났다고 할 수도 있었다.

마르크 오플레 선생님은 나에게 파리 국립고등음악원 입학시험 준비를 해야 한다고 설명하셨다. 입학 조건에는 스물한 살 이하라는 나이 제한이 있었다. 즉 만일 내가 6년 후인 열아홉 살 때 처음 시험을 본다면 나에게는 세 번의 기회가 주어지는 셈이다. 세 번이 최대로 지원할 수 있는 횟수이기도 하다. 그러려면 나는 좀더 큰 도시인 루앙의 국립음악원에 가서 공부해야 했다. 그때까지는 콩피에뉴에서 학교를 계속 다녀야 하는데, 나는 이제 지낼 곳이 없었다.

엄마가 걱정하는 것이 느껴졌다. 하지만 나에게는 행운의 별이 있다. 그 별은 그다음 주에 오플레 선생님을 통해서 내 앞에 나타났다.

피아노 수업에 동행한 엄마에게 선생님은 아주 간단하게 전달했다.

"저와 제 아내 아녜스, 그리고 저희 아이들은 림이 이번 학년을 마칠 때까지 우리 집에 함께 지내는 것이 어떨까 합니다. 저희 가족은 모두 대찬성입니다. 많이 생각해봤는데, 우리가 림을 맡아서 보살필 수 있다면 정말 행복할 것 같습니다."

  슈만이 그의 아내 클라라와 아이들과 함께 살자고 친히 나를 초청했다고 해도 나는 이보다 더 놀라지는 않았을 것이다.

  그때만 해도 나는 이 제안이 얼마나 크나큰 관대함이었는지를 제대로 가늠하지 못했다. 나는 겨우 열세 살이었고, 비록 같은 또래의 다른 아이들에 비해서 더 어른스러웠다고 해도, 한 가정을 하루하루 꾸려나간다는 것이 무엇인지, 어떤 한 사람에게 자기 집 문을 열어주고 맞이한다는 것이 무엇을 의미하는지에 대해서는 헤아릴 수가 없었다.

8

엄마를 꼭 끌어안았다. 다시 엄마와 헤어져야 했다. 아물기는
커녕 계속 다시 열리기만 하는 해묵은 상처. 기차, 자동차, 공항
의 창 너머로 사라지는 엄마. 풍경 속에서 점점 작아지다가 결국
닿을 수 없는 하나의 점이 되어버리는 엄마. 그 순간마다 나는
왜 이리 엄마가 연약해 보이고 가냘프다고 느껴지는지. 아버지
의 단단한 갑옷에 비하면 너무도 나비 같은 엄마. 그리고 여기,
엄마를 보살펴드리지도 못하고 세상 끝에 있어야 하는 나……
  내가 마리와 클레아의 집에 가면 자동적으로 주방에 계신 친
구들의 엄마에게로 가서 내가 설거지도 하고 음식도 할 테니 그
동안만이라도 아주머니의 친구들과 함께 놀다가 오시라 제안한
것도 아마 다 그런 이유 때문이었을 것이다. 그러면 아주머니는
깜짝 놀라신다. 그때는 잘 몰랐는데 이제 와서 보니 마리와 클레
아의 집에서 아주머니를 살피면서 사실 나는 나의 엄마를 생각
했던 것 같다.
  다행히 나에게는 아녜스와 마르크 선생님의 집에서 맞이하는

새로운 생활이 기다리고 있었다. 선생님은 자동차를 몰고 호텔로 오셔서 나의 단출한 짐을 댁으로 옮겨주셨다. 평범하고 단란한 가정생활이라는 것을 통 모르고 산 나에게 선생님의 행복한 가족은 큰 신선함으로 다가왔다. 합창단의 지휘자이면서 음악원에서 이론을 가르치는 교수이기도 한 아녜스 선생님은 엄마처럼 푸근하신 분이었다. 부드러우면서도 밝은 빛처럼 환한 사람. 아녜스 선생님은 각각 아홉 살, 다섯 살인 선생님의 두 아들 뤼카, 콜랑과 자신의 자식이 아닌 나를 단 한 번도 차별하지 않으시며 나를 친딸처럼 대해주셨다.

내 방에 들어선 나는 기쁨이 이만저만이 아니었다. 집의 2층에 위치하여 시야가 탁 트인 그 방은 밝고 넓었다. 아래층의 음악실에 놓인 피아노 외에 두 분은 나의 방에 전기 피아노를 설치해주셨다. 모든 것이 고요하고 평온했다. 두 분이 내 도착에 맞추어서 정말로 환영받고 있다고 느낄 수 있도록, 사소한 것 하나하나까지도 세심하게 배려했음이 고스란히 느껴졌다. 무한히 감동을 받은 나는 끊임없이 아녜스와 마르크 선생님께 고마움을 표현했다.

"림, 여기는 너희 집과 다름없단다, 정말 자유롭게 지내렴! 그리고 마담이라고 부르지 말고 날 편안하게 아녜스라고 부르렴." 아녜스 선생님께서는 나에게 자기와 격의 없이 편하게 말을 하자고 제안을 하셨다. 나는 너무 놀라 눈만 크게 깜박거리며 의아함을 표시했다. 한국에서라면 어른에게, 그것도 선생님에게 말을 놓는다는 것은 꿈도 꿀 수 없는 일이었다. 그러나 프랑스에서는 문화적으로 이렇게 어느 한 사람과 반말을 하는 경우는 나이와 상관없이 친한 사이일 때만 가능한 일이다. 나는 몇 주일에 걸쳐 노력하여 아녜스 선생님과 말을 놓는 데에는 성공했지만, 마르크 선생님과는 정말이지 어려운 일이었다.

나는 선생님과 음악에 대한 열정을 공유할 수 있었고, 아녜스와는 아이들만의, 소녀들만의 비밀을 나누고는 했다. 저녁이면 모두들 나를 기다리고 있었다는 느낌을 받았다. 맛있는 프랑스식 저녁 식사를 함께하며 두 분께서 하루를 어떻게 지냈는지 나에게 물으시면 나는 학교에서 일어난 일들을 사람들 흉내를 내며 이야기했다. 그러면 두 분은 프랑스 문화를 바라보는 한국 출신 어린 소녀의 생각을 들으면서 한참을 웃으셨다. 긴장 없이 여유로운 마음으로 삶이 주는 기쁨과 행복을 만끽하며 사시는 모습은 나에게 또다른 신선함으로 다가왔다. 이 가족의 여유로운 일상생활은 너무나도 편안했고 동시에 두 부부는 나를 보호와 사랑으로 감싸주셨다. 그분들의 친구들도 참 여유로워 보였다. 집안 식구분들도. 예를 들면, 아녜스의 큰언니인 마취과 전문의인 샹탈은 나에게 존경심이 들게 했다. 딸이 없던 샹탈이 나를 입양하겠다고 제안하니 아녜스는 한술 더 떴다.

"우리 집도 아들밖에 없어. 림은 벌써 우리 집 딸이 되었는걸!"

우리는 다 같이 알프스의 페르네 볼테르로 스키를 타러 갔다. 나한테는 일생일대의 사건이었다. 우리 집에서는 바캉스 같은 것을 떠나본 적이 없었으니까. 휴가를 떠난 적은 딱 한 번, 부산에 있는 외가에 가기 위해서였다. 부산에서 나는 바다를 처음 보았고, 해운대 해변을 찾은 기기묘묘한 사람들 역시 처음 보았다. 사람이 어찌나 많은지 몹시 불안할 정도였다. 더구나 나는 엄마가 수영하러 물에 들어간 것을 모르고 또다시 엄마를 잃어버린 줄 알고 노심초사했다. 사촌과 함께였는데, 영영 고아가 된 기분이었다.

고소한 참기름 향기의 엄마와는 멀리 떨어져 있었지만 나는 이곳에서 다른 사람들과의 좋은 인연을 엮어가는 중이었다. 마침내 나를 맡길 수 있고, 불신을 버리고 조화를 이루며 살고, 감히 경계를 풀고 어쩌면 사랑까지 할 수 있고, 심지어 나도 사랑받을 수 있다는 이 느낌은 이제껏 내가 모르고 살았던 평온함이라는 것을 어렴풋이 깨달았다.

마르크 오플레 선생님은 2002년에 심장마비로 돌아가셨다. 하지만 나는 선생님께서 늘 내 음악과 함께하고 계시다는 것을 잘 안다. 내가 어디서 연주를 하건 선생님은 마치 온화하고 다정한 아버지처럼 나의 여행길에 동반자가 되어주신다는 것을. 나는 이제껏 선생님에게 나의 고마움을 제대로 표현하지 못했다. 그 고마움은 아무리 아무리 표현을 해도 모자라는 감사함이기에. 선생님께도, 선생님 가족분들께도 이 책을 빌려서 그분들이 베풀어준 모든 것에 대해서 깊이 감사드린다. 나를 감싸준 그분들의 온유하면서 든든한 울타리는 나의 삶의 변함없는 영감의 원천이며, 나는 지금도 여전히 그 안에서 굳건한 힘을 퍼올린다. 매일 자동차로 나를 학교에 데려다주시는 선생님께 내가 그때 인사했듯이, 네 분께 "많이 아주 고맙습니다"라고 인사드린다. 어법에 맞지 않는 나의 인사에 선생님은 웃으시며 틀린 문장을 고쳐주시고는 장난기 가득한 미소를 담아 "좋은 하루, 림, 저녁 때 보자"라고 응답하시곤 했다.

마르크와 아녜스가 나에게 선사해준 이 공간을 채우는 것은 음악이었다. 쇼팽, 모차르트, 리스트, 바흐, 드뷔시, 라벨, 브람스, 베토벤, 그들 모두가 이 공간에 함께했다. 그때 베토벤의 초상화를 처음 보았다. 대단히 인상적인 그 얼굴을 보자 나는 아버지가 떠올랐다. 베토벤의 음악과 나 사이에 거리감이 자리잡았다. 종종 베토벤의 소나타를 존경심을 가득 담아 존중하는 마음으로 연주했다. 그럼에도 그는 내가 보기에는 옛날 사람들을 위한 음악가였다. 베토벤이라면 겁이 났다. 어쩐지 그에게는 비인간적인 무언가가 있었다. 그때까지만 해도 나는 베토벤이 나의 인생의 열정의 불이 되리라는 것을 까마득히 모르고 있었다. 그리고 베토벤 덕분에 아버지로부터 가장 독창적인 소감을 듣게 되리라는 것도. EMI 클래식에서 나온 8장짜리 베토벤 소나타 전곡 녹음에 곁들인 나의 곡 분석을 읽으신 아버지가 말씀하셨다.

"네 CD 8장이랑 같이 들어 있는 이 책 말이다, 이 글이 굉장히

철학적이고 수준도 보통이 아니란 말이다. 그런데 말이다, 왜 이
글 맨 밑에 너의 이름이 적혀 있는 거냐?"

9

루앙으로 가기 전까지 나는 온 힘을 다해서 연습에 매달렸다. 나는 음악 속에서 살았다. 음악이야말로 영적으로 높은 경지에 도달하는 데에 가장 섬세한 도구니까.

당시에는 아직 이런 식으로 정리하지 못한 상태였지만, 그래도 18세기와 19세기의 음악가들, 오늘날 우리가 "고전 음악가"라고 하는 작곡가들이 여전히 살아 숨 쉬고 있음을 짐작할 수 있었다. 그들은 절대적인 생동감으로 존재했다. 그들의 작품이 세월을 관통할 수 있었던 것은 감히 단 한 치의 위선 없이 그들의 있는 그대로를 진실되게 예술로 표현하는 위험을 감수했기 때문이다. 이것은 대다수의 동시대인들이 감수하지 못한 위협이었고 이는 우리 시대를 포함하여 모든 시대에도 마찬가지이다. 그들은 절대적으로 사랑했고, 절대적으로 창작에 몰두했으며, 성스럽고 진정한 우리의 본질, 숭고하고 고귀한 본성을 절대적으로 탐구했다. 그들은 다른 어느 누구보다도 자신의 있는 그대로의 모습으로 존재하는, 누구나 가지고 있는 이 권리, 현기증이 날

만큼 속이 시원한 이 자유를 선택했다. 전적으로. 강렬하게. 그들의 이런 욕구와 목마름, 광적인 욕망은 이들로 하여금 별이 되게 했으며, 그 별이 발하는 빛은 여러 세기가 흐른 오늘날까지도 우리에게 이르며, 우리의 밤을 밝게 비춘다.

음악에서 통용되던 규칙들을 과감하게 벗어던지고 고정관념과 관습을 뒤흔든 것도 소위 고전 음악가라고 하는 그들이었다. 혁신하고, 새로운 것을 발명하고, 상상하며, 도약을 이룬 것도 그들이었다. 버림받고, 비판당하고, 환호를 받고, 숭배받은 것도 그들이었다. 베토벤처럼 그가 곡 초안의 한 귀퉁이에 적어놓은 "더 높은 아름다움(schöner)을 위하여 거스르지 못할 규칙은 없다"라는 말에 충실했던 그들.

나도 피아노 건반 위에서 곡을 해석할 때면 이 "schöner"를 추구한다. 존중 가운데 나 자신과 가장 가까운, 나만의 개별성과 나만의 생동감 있는 진실에 최대한 근접한, 진정성 있는 연주를 추구한다.

"그리스 철학자가 말한 '너 자신을 알라'는 음악 연주가들에게는 영원한 숙제여야만 한다"라고 알프레드 코르토가 고백했다. "한 걸작의 정형화된 연주만을 고집하는 전통은 용기 있게 모습을 드러내며 감정을 형상화시키는 생동감 있는 충동에게 자리를 내어주어야 마땅하다."

연주회에서는 음표 하나하나, 박자 하나하나, 프레이징 하나

하나가 나에게는 목숨이 걸린 문제가 된다. 나 자신이 벌거벗는 위험, 내 존재의 모든 진실을 그대로 드러내는 위험을 무릅써야 하니까. 연주를 통해서 자신을 돋보이려고 해보아야 소용없다. 중요한 것은 작품과 자신 앞에서 완전히 진실해야 한다는 점이다. 완전한 자기 자신이어야 한다. 아무런 두려움도 없이. 우리들 각자라고 하는 유일무이한 개별성을 통해서 음악을, 숨결의 숨결을 연주해야 한다. 베토벤이 성스러운 메시지를 표현하기 위해서「하머클라비어 소나타(Sonate für das Hammerklavier)」의 그 불가능한 속도를 지시했던 것처럼 재빠른 속도로 음표에서 음표로 가는 위험을 무릅써야 한다. 그만큼 전격적으로. 존재하는 위험을 무릅써야 한다. 자유롭고자 하는 위험을 감수해야 한다. 그리고 그렇게 함으로써 우리보다 앞서 자유로워지고자 했던 이들에게 충실해야 한다.

"나는 내가 원하는 삶을 사는 용기를 가지지 못하고 남들이 나에게 기대하는 삶을 살아온 것을 후회합니다." 오랜 기간 호스피스 병동에서 근무한 간호사 브로니 웨어는 죽음을 앞둔 사람들이 가장 공통적으로 고백하는 후회가 바로 그 점이라고 말했다. 나는 한낱 사춘기 소녀인데도 벌써 그것을 알고 있었다. 세상에 대한 이 같은 두려움은 그후로도 줄곧 내 안에서 확인되었다.

독창적인 해석이란 없다. 뚜렷하게 유일무이한 진정성 있는 해석이 있을 뿐이다. 비극적인 음악이라고 해서 반드시 비극적으로 연주되어야 할 필요는 없다. 어차피 그 음악은 비극적일 수

밖에 없다. 연주하는 사람이 음악과 하나가 된다면, 연주자가 감히 그 정도까지 자기 자신이고자 한다면 결국 그 자신은 숨결과 하나가 되며 우리가 "나"라고 알고 있는 그 나가 사라지게 될 테니까. 음악과 한 몸이 되는 것. 음악을 연주하고 해석하는 것을 멈추고 음악이 우리의 영혼을 아예 관통하는 것. 마침내 존재하기 위하여 사라지기.

서대산인 성담 스승님과의 만남은 내 인생의 전환점이 되었다. 스승님은 이제껏 음악에 종사하고 있는 많은 대가들에게 물어보았지만 아직까지 시원하게 풀리지 않았던 나의 의문점들에 대해서 언제나 너무도 속 시원한 답변을 해주셨다.

"연주자의 진정성에 대해서는, 우리 모두가 하나임을 깨닫는다면, 작곡가의 음악에 의해서 생겨난 감정들이 곧 연주자의 것이 됩니다. 그때 연주자는 그 감정들을 단순히 느끼는 것이 아니라 아예 그 감정들의 원인과 결과가 됩니다. 그리고 연주자는 음악에 의해서 표현된 비극, 환희 또는 광기 등 모든 표현과 하나가 된 모습을 보게 됩니다. 연주자는 작곡가의 승화된 감정 상태를 자신의 것으로 삼음으로써 그와 하나가 되는 것이지요. 그렇게 되면 연주자의 진정성을 넘어서 연주자 자신의 존재를 그대로 표현하는 것뿐입니다. 즉 연주자의 개성이 작곡가의 의도와 하나가 되어 표현되는 상태의 경지에 이르는 것이지요."

이렇게 명확하고 지혜로운 답변을 주신 서대산인 성담 스승님은 고전음악 전문가가 아니시다. 다만 진정으로 깨달음을 얻어 그것을 수많은 분들에게 전하고 실천하고 계신 분이다. 스승님의 말은 나에게 깊은 반향을 일으켰을 뿐만 아니라 내가 세상을 바라보는 관점을 넓게 확장시켰다.

템포란 무엇인가? 음악에서 템포는 환상에 불과하다. 그저 작곡가가 실마리를 주는 하나의 **방식**에 불과하다. 한 인간이 마음에서 우러나와 어떠한 말을 속삭일 때 누가 그가 어떠한 속도로 말을 하는지 따위에 신경을 쓰겠는가? 표현이 먼저이다. 열광하면 그것이 속도를 결정한다. 음악은 템포에 의해서 시작되지 않는다. 음악은 템포 속에 갇혀 있지 않다. 오히려 그와 반대로, 음악이 템포를 창조하는 것이다.

쇼팽—흔히들 쇼팽이 루바토(rubato), 즉 정해진 템포 안에서의 자유를 처음으로 발명했다고들 말한다—보다 200년쯤 앞서 몬테베르디는 이미 두 가지 유형의 템포를 언급했다.

- 엄격하게 준수되고 빈틈이 없어야 하는 **템포 델라 마노** (tempo della mano).
- 영혼과 감정의 템포로서 연약함이 생길 여지가 있는, 그렇기 때문에 인간의 마음을 움직이고 전율하게 만드는, 즉 음악이 템포를 창조하며 생동감을 안겨주는 **템포 델라니마** (tempo dell'anima).

"템포 델라 마노" 안에 존재하는 음악은 완벽하게 관리되는 시간에 따라야 하며 결국 음악은 템포의 인질이 되어버린다. 그런데 바로 이 엄격한 통제를 극한까지 밀고 나가 시간을 초월해야 한다. 그래서 완전한 자유를 누릴 수 있어야 한다. 뿌리가 없는 불안정한 자유가 아닌 숙달과 숙련을 거쳐 완벽한 기량을 갖춘 단단한, 그래서 더욱더 자유로운 자유. 거의 심하다 싶게 숙달되고 연습이 되어 거기에 완전히 몸을 맡길 수 있는 자유. 즉 거기에서 나온 용기로 말미암아 연약함까지 마음껏 탐구하며 "템포 델라니마"가 숨겨두고 있는 예측할 수 없는 신성한 숨결. 그리고 그것을 분출시키는 거룩함. 나는 다른 어느 것도 아닌 바로 이 리듬만을 추구한다……. 템포 델라니마.

예를 들어 우리가 쇼팽의 한 곡을 연주하려 할 때 먼저 박자를 정해놓고 그 안에 음악을 잡아 껴넣는 것이 아니라 (tempo della mano) 우선 그 음악이 우리에게 무슨 메시지를 전달하는가, 또한 그 곡의 부분 부분마다 분출하고 있는 감정이 어떠한가를 먼저 느낀 후 연주를 한다면 (tempo dell'anima) 거기에서 나온 열정이 바로 그대로 자연스럽게 템포가 되는 것이다.

음악은 영혼의 표현이기 때문에 그 표현은 테크닉, 혹은 속도의 인질이 되어 억압받거나 제약을 받을 수가 없다. 받아서는 안 된다. 그만큼 제일 먼저 그 표현과 나의 영혼이 하나가 되어야 한다.

그다음 그 표현을 자유자제로 할 수 있을 만한 테크닉이 갖추어져야 한다. 그러기 위해서는 그 테크닉을 심할 정도로 끊임없이 연습하다 보면 완전히 눈을 감고 할 수 있게 되고 자다가 깨어나서 연주를 하여도 아무 이상이 없을 정도인 경지가 된다. 즉 표현의 한계가 없어진다.

✳

루앙

1

콩피에뉴를 떠나야 할 시간이 왔다. 마르크와 아녜스의 집에서 동화 같은 몇 달을 보낸 후 나는 이제 루앙이라는 도시에 있는 국립음악원에 입학해야 했다. 프랑스에서 보낸 첫 해의 성과를 본 아버지는 열두 살짜리 딸을 혼자 보낸 것이 옳은 결정이었다고 인정했다. 하지만 그렇다고 어린 딸이 계속 거기에 남아 있어야 한단 말인가? 부모님은 나를 프랑스에 보내라고 응원했던 도인을 또다시 불러서 내가 "이모"와의 사이에서 겪은 마음고생이며 마르크 오플레 선생님 덕분에 이룬 성공 등을 털어놓았다.

도인은 "춘향이가 변 사또 없이 빛날 수 있겠습니까?"라고 하며 그 아주머니 덕분에 강한 힘을 기르게 되었다고 기뻐하면서 그 힘이 앞으로 나에게 얼마나 요긴할지를 강조했다. 아버지는 결국 내가 파리 국립고등음악원에 지원하기에 앞서 루앙에서 공부하는 데에 동의했다. 조건 없는 무조건적인 동의였다. 하지만 이번에는 내가 조건을 달았다. 엄마가 같이 있어야 한다는 조건이었다. 당연히 나는 그 조건이 무엇을 의미하는지에 대해서는 아무런 생각이 없었다. 아니, 엄마가 지금 와서 어떻게 새로운 언어를 배우신다는 말인가? 말이 안 통하는 나라에서 사회생활이 가능하기는 하겠는가? 엄마는 고독 속에서 살아야 할 것인가? 또 아버지는 과연 혼자 지내실 수 있는가? 부모님이 굳이 서로 헤어져서 기러기 부부로 살아야 한단 말인가? 나는 스스로에게 온갖 질문을 해보았지만, 적절한 답을 제시하지 못했다. 또한 그 조건으로 말미암아 내가 가지게 될 책임도 전혀 짐작하지 못했다. 내가 원하는 것은 그저 엄마 곁에 있고 싶다는 것뿐이었으니까. 너무도 그리웠던 엄마의 온기를, 엄마의 사랑을 다만 얼마만이라도 되찾고 싶을 뿐이었으니까. 콩피에뉴 시내의 그 작은 호텔에서 모두로부터 멀리 떨어져 엄마와만 함께 있으면서 마냥 좋았던 기쁨을 되찾고 싶을 뿐이었으니까. 예상과 달리 아버지는 선뜻 좋다고 했다. 결국 엄마와 함께 루앙에 도착하여 우리는 다시 호텔에 묵게 되었다. 나는 프랑스어를 못하시는 엄마를 대신해 혼자서 은행이며 부동산 중개소, 경찰서 등지를 열심히 뛰어다니면서 이제까지 모르고 지냈던 이 세상의 새로운 면을 발견하게 되었다. 아파트를 구할 때도 혼자 일을 처리해야 했고 전화기를 놓을 때도 직접 통신사에 가서 내가 신청하고 검토해야 했다.

어른들이 사는 그 세상이 나에게 놀라움과 걱정이라는 억양이 가미된 똑같은 말을 노랫가락처럼 반복했다.

"아니, 네 부모님은 어디 계시니?"

나의 부모님은, 그때, 나를 대신해 일을 처리해주실 수 없는데도 말이다.

　나는 아침에는 학교에서 수업을 듣고 오후에는 음악원으로 가는 것이 일과였다. 음악원과 함께 운영되는 학교이기 때문에 음악을 전공하기에는 안성맞춤이었지만 보통 하루에 걸쳐 배우는 수업들을 오전 시간 안에 다 터득해야 했다. 루앙 도심의 생니콜라 가의 작은 아파트에서 살며 나는 날아드는 고지서를 해결하고, 행정 서류들도 처리하고, 경찰청을 수도 없이 드나들며 나와 엄마의 비자와 체류증을 받기 위해서 너무나도 많고 복잡한 서류들을 준비했다. 갈 때마다 기다리는 줄은 항상 엄청 길었다. 아프리카에서 온 이민자들과 아랍 사람들이 대부분이었다. 기다리는 사람은 수없이 많은데 접수할 수 있는 창구라고는 딱 두 개. 거기다 칸막이 유리 반대편에서 직원들은 신속하게 처리하는 것이 아니라 자기들끼리 커피를 마시고 시시덕거리며 수다를 떨었다. 이곳에서 뿜어져나오는 절망적인 기다림의 아우라에 뱃속이 뒤틀릴 지경이었다. 한참을 그 직원들이 깔깔거리는 모습을 지켜보았다. 그 사람들의 웃음은 무례함의 민낯으로 다가왔다. 음악에서 비롯된 무엇인가가 내 안의 깊은 곳에서부터 소용돌이같이 솟구쳤다. 음악 공부를 하러 가고 싶은 욕망, 더 이상 음악이 아닌 것에는 일분일초도 허비하고 싶지 않은 마음. 더 이상 내가 맨정신으로는 바라볼 수 없는 이 장면. 나는 한계에 부딪쳤다.

단숨에 달려가서 닫혀 있는 창구로 다가가 구멍이 송송 뚫린 유리 칸막이를 통해서 소리쳤다.

"나는 당신들의 수다 떠는 모습을 보느라 학교와 음악원 수업들을 다 놓치고 있는 중입니다. 당신들의 그런 태도가 지금 내 미래를 망쳐놓고 있는 중이니, 그 책임은 다 당신들이 져야 합니다. 나는 공부를 열심히 해서 피아니스트가 되려는 내 꿈을 실현하려고 프랑스에 왔지, 내 존재를 한도 끝도 없이 증명하고 당신들의 끊어지지 않는 수다와 끝도 없이 이어지는 커피 마시는 시간을 기다리며 아까운 시간을 허비하러 오지 않았습니다. 당신들이 재학증명서 사본을 가져오라고 해서 이렇게 각 장마다 10부씩 복사했고, 학교, 음악원에서 발부한 추천서, 주당 수업 시간 증명서도 첨부했습니다. 신분증도 필요하다고 해서 여러 세대가 상세하게 다 나오는 우리 가족 호적등본도 준비했습니다. 물론 공인받은 번역사의 번역본에 대사관 인장까지 받아서 첨부했습니다. 당신들은 또 주거 증명서를 내게 요청했습니다. 그래서 심지어 집주인 신분증, 집세, 전기 요금, 전화 요금 영수증, 게다가 이웃 사람들의 증명서까지 다 가져왔습니다.

요구한 것보다 더 많은 서류를 가져왔으니, 당신들은 내 신청을 거절할 수 **없을** 것입니다. 여기서 보내는 일분일초는 내가 음악을 위해서 바쳐야 할 시간입니다. 난 이제 겨우 열세 살인데 내 꿈도 장래도 망치고 싶지 않습니다. 내 서류를 여기 놓고 가겠습니다."

나의 이런 당찬 행동에 나 자신도 몸이 부들부들 떨렸다. 다행히 내가 내민 서류는 곧장 접수되었다. 나는 또다시 내 행운의 별을 생각했다. 항상 나를 따라다니는 것을 느꼈다. 그리고 위험을 무릅쓰며 도전했던 음악가들을 생각했다. 그들은 나에게 매일매일 용기를 주었다.

　용기. 위층에 사는 이웃 남자가 초인종을 울리더니 거대한 기둥을 하나 들고 천장이 우리 머리 위로 떨어지는 것을 방지하기 위해서라며 자기 마음대로 집에 들어와서 주방 한가운데에 그 기둥을 버팀목으로 세울 때 내어야 할 용기.

　용기. 막 월세를 올린 집주인에게 편지를 쓸 때도 필요했다. "저는 월세 인상을 받아들일 수 없습니다. 우리는 이 아파트에서 살면서 위층 사람이 갑자기 시작한 공사 때문에 심각한 불편을 겪었습니다. 그 이웃은 자기 집 공사로 인하여 우리 집 천장이 무너져내릴까봐 염려되어 주방에 기둥을 지지대 삼아 하나 박아놓았을 정도입니다. 그뿐만 아니라 먼지가 너무 많아서 우리는 밖에서 식사를 해야 하며 끊임없이 집 안을 닦아야 했습니다. 이렇듯 끊임없이 불편함을 겪고 있는 중임을 이해해주시겠죠……."

　용기. 가끔 나는 학교의 같은 반 친구들을 보면서 내가 콧구멍이 없다거나 뿔이 난 것도 아닌데, 나도 그들과 같이 열세 살 먹은 청소년일 뿐인데 왜 나는 존재하기 위하여 모든 것들을 이렇게 끊임없이 증명해야 하는 것인가 생각했다. 용기가 필요했다.

　용기. 나와 함께 공부하는 음악원의 대다수 학생들이 스무 살

이상인 상황에서 고작 열세 살인 내가 그들과 함께 지내려면 용기가 필요했다.

용기. 아무하고도 의사소통이 불가능한 엄마를 보호해드리려면 용기가 필요했다.

용기. 자기 자신에게 이렇게 말하는 베토벤의 용기. "용기를 가져라! 나의 몸은 비록 부실할지언정, 나의 천재성은 승리의 개가를 울려야 한다. 내 나이 이제 스물다섯, 올해 안에 나는 완성된 인간으로 거듭나야 한다. 더 이상 손볼 데가 없어야 한다." 또는 그에게 괴테나 헨델 같은 거장들은 다시 나타나지 않을 거라고 선언하는 자에게 "참으로 안타깝군요, 각하. 단지 제가 아직 크나큰 명성으로 어디에서나 축하를 받는 인물이 아니라는 이유 때문에 저에 대해서 아무런 믿음이나 존중하는 마음을 보이지 않는 자들과는 그 어떤 관계도 맺고 싶지 않습니다"라고 응수하는 용기.

얼마나 경이로운가! 자신을 구속하는 것들로부터 벗어나고자 열정적인 자유를 갈구한 베토벤. 또한 상상조차 할 수 없는 예술을 대담하게 창조하는 작곡가들!

2

쇼팽과 브람스는 열세 살내기 어린 소녀인 나를 새벽까지 깨어 있게 만들었다. 나의 열정을 돋우는 러시아 작곡가들, 스크랴빈, 라흐마니노프, 프로코피예프. 그들의 음악을 알아가며 느끼는 이 짜릿한 기쁨. 슬라브인다운 그들의 절제할 수 없는 폭발적인 영혼은 나를 매혹시킨다. 빅토르 위고의 절묘한 표현대로 나는 "슬픔이 주는 행복"을 맛보았다.

그들은 내 나이 때 무슨 생각을 했을지 궁금했다. 그들이 품었던 수수께끼는 무엇이었는지, 그들의 사춘기는 어떠했는지를 자문해보았다. 그들을 통해서 음악이 내게 말을 걸어왔다. 마치 나의 삶을 엮고 있는 날줄 씨줄 한올 한올을 소상히 다 아는 존재처럼. 언제든지 신선하고도 무조건적인 자비와 호의를 보여주는 존재. 한결같은 그 다정함은 내 안에서 나도 모르게 눈물을 솟구치게 만들며, 더욱더 음악과 그 음악을 창조하는 대가들에 대한 나의 이끌림에 불을 지폈다.

첫 작품부터 자신만의 고유한 도장을 찍겠다고 맹렬히 대드는 그들의 강력한 욕망에 내 마음이 벅차고 들떴다. 나도 내가 다 헤아려낼 수 없고 상상도 할 수 없는 그런 큰 어떠한 것을 창조하고 싶다는 욕망이 일어났다. 훗날 그들을 닮고 싶은 마음에서 나도 열다섯 살 때 나만의 「피아노 소나타 1번」을 작곡했다.

그 대가들 모두가 예외 없이 자신들의 느낌의 모든 색깔을 전개하기 위한 방편으로 소나타 형식, 그리고 단조를 택했으며, 모두가 스무 살도 되기 전에 C#, F# 또는 D단조, F단조로 비극적이면서 반항적인 분위기가 감도는 소나타들을 작곡했다. 마치 그 같은 조성만이 훗날의 위대한 작곡가들을 예고하는 것같이 말이다.

그들과 나의 사랑 이야기는 쉴 새 없이 진행되었다. 하나의 악절에 사로잡혀 밤새도록 잠을 못 이루면서 내가 그 악절을 떠나지 못하는 것인지, 아니면 악절이 나를 떠나려 하지 않는 것인지도 모르는 관계를 사랑이 아니면 뭐라고 불러야 한단 말인가?

내가 살고 있는 생니콜라의 작은 아파트에는 업라이트 피아노밖에 없는 데다 이웃 사람들에게 피해를 주지 않으려는 마음에 나는 음악원에서 거의 살다시피 했다. 덕분에 짧은 시간 안에 빈 연습실을 찾아내는 "연습실 사냥꾼"으로 등극했다. 배움에 대한 나의 갈증은 끝이 없었고, 다행히 콜레트 테니에르 교수님께서 그 갈증을 채워주셨다. 그분의 까다로움, 무서울 정도의 엄격함은 가장 기가 센 학생들에게서도 눈물을 쏙 빼놓기로 유명했다.

예순이 넘은 나이에 아직도 결혼을 하지 않으셔서 마드무아

젤, 즉 숙녀라고 불리는 테니에르 교수님은 올리비에 메시앙의
제자로 파리 국립고등음악원에서 대위법과 푸가, 화성, 음악 분
석, 하프시코드 등을 포함하여 무려 11개 과목에서 수석을 한 전
설적인 인물이었다. 화성을 듣는 마드무아젤의 귀는 한 치의 오
차도 없으며, 그 어떤 허점에도 가차 없었다. 클래식한 정장 차
림에 마귀할멈 같은 무서운 안경 너머로 마드무아젤은 우리가
화음이나 리듬, 음계를 정확하게 구별하지 못할 때마다 우리를
"칠면조"(아둔한 명청이) 취급을 하곤 했다. 음악 이론에 관해서
도 전혀 막힘이 없고, 첫 소절만을 듣고도 작곡가와 그 작품을
낱낱이 밝혀내는 마드무아젤의 귀신같은 귀는 너무나도 놀라웠
다. 그분의 매서운 안경 너머로 혹시라도 흡족한 인상을 조금이
라도 본 날은 정말이지 세상을 다 얻은 것 같았다. 엄격함에도
불구하고 마드무아젤은 나의 존경의 대상이었다.

    그분의 바흐에 대한 지식이 얼마나 깊은지 꼭 바흐와 서로 스
스럼이 없는 친구 사이 같았고, 모차르트와는 바로 전날 저녁 식
사를 함께한 사이 같았다. 라벨의 화성 변화를 미스터리 추적하
듯 척척 풀며 왜 라벨이 천재인지를 우리 앞에서 너무나 유쾌하
게 입증하시는 그 모습! 마드무아젤은 음악의 골격, 음악의 신경
체계, 음악이 표현되는 방식, 음악이라는 근육의 세세한 움직임
등 신비스럽기 짝이 없는 대상을 속속들이 꿰고 있었다. 음악이
라는 몸 전체가 마드무아젤에게는 너무도 익숙했기 때문에 조금
이라도 더 배우고 싶어 조바심치는 우리 "칠면조들"에게, 강렬하

게 그 비밀들을 전수해주었다. 나는 사실 그분의 마지막 제자로서, 내가 훗날 루앙 국립음악원을 졸업하고 그다음 해에 마드무아젤은 돌아가셨다.

음악문화 담당 리고 교수님도 빼놓을 수 없다. 리고 교수님은 유머가 넘치고 우아한 스타일로 수업을 이끌어나가시지만 한 번 나는 교수님의 강의 도중 주체하기 어려운 공황 상태에 빠진 적이 있었다. 우리에게 브람스의 「교향곡 1번 3악장」을 들려준 날이었다. 구조, 악기 편성, 전조(轉調) 등은 물론 그 곡을 작곡한 작곡가의 이름과 그 곡의 배경까지도 알아맞혀야 했다. 나는 세 부분으로 나누어진 형태와 조성, 화성 변화 등을 정확하게 짚어내고 악기 편성도 제대로 맞혔지만 도대체 누가 작곡가인지는 아무리 노력해도 알 수가 없었다. 이런 순간이면 나는 바로 의기소침해졌다. 애를 써보아도 떠오르지 않는 그 작곡가 이름 하나에 나의 인생 전부가 걸린 것 같기만 하고 그 이름도 하나 못 맞히면서 무엇 하나 제대로 하면서 살 수 있을까라는 생각까지 들며 초조함이 몰려오는 것이었다.

하지만 리고 교수님은 늘 나를 격려하며 이끌어주었고, 내가 2년 후 음악원 졸업 학위를 받기 위해서 제출해야 하는 논문을 작성하는 과정에서 많은 응원으로 힘을 불어넣어주셨다. 교수님의 지도하에 "드뷔시와 라벨의 음악에 나타난 동양"이라는 주제를 가지고 논문을 준비했다. 교수님은 몇 번이나 나에게 "너, 이 학위를 못 따면 나한테 시집 와야 해!"라며 그 특유의 놀리는 듯하면서도 심각한 표정으로 너무나도 아무렇지도 않게 나를 위협하시는 유머를 보이셨다. 교수님의 호의와 너그러움은 나에게 너무나 소중한 도움이 되었다.

그 반면 리스트의 소나타를 연주하고 싶은 나의 욕망을 끝내 외면한 나의 피아노 담당 교수님은 너무나도 달랐다. 왼손에서 퍼져나오는 웅장하고도 거대한 베이스들과 옥타브를 날리면서 감정의 북받침을 강력하게 표현하는 오른손이 결합된 이 리스트의 소나타는 피아노 레퍼토리에서 가장 길면서 많은 에너지를 요구하는 난해한 곡에 속한다. 감정이 잔뜩 고양되어 낭만주의와 비극적인 사랑 이야기에 목말라 하는 사춘기 소녀인 나, 그리고 어느 거대한 음악에 모험을 걸고 싶었던 나를 매혹시키기에는 아주 안성맞춤이었다. 하지만 선생님의 대답에는 번복의 여지가 없었다. 뾰족하게 각진 안경에 주름 하나 없이 단정한 스커트만큼이나 단호했다. 그래도 갈색 웨이브 진 머리카락 밑으로 드러나는 얼굴에서는 많은 호감이 느껴지는 교수님이셨다.

늘 바빠서 종종걸음을 치던 교수님은 잠시 하던 일을 멈추더니 웃음기라고는 전혀 없는 표정으로 나를 바라보며, 너무도 잠잠하고 차분한, 불안함을 돋우는 어투로 말했다.

"넌 리스트의 소나타를 배우기에는 아직 너무 어려. 적어도 열여섯 살은 되어야 그 곡에 도전할 수 있을 테니, 그때까지는 내가 지시하는 레퍼토리나 연습하렴."

항의했다. 나는 그 소나타와 같이 깨어나고 잠들며 매일 그 음표들과 호흡한다고, 그 소나타가 내 손가락들을 하나씩 깨우며 내 마음을 향해서 속삭인다고 말씀드리며 간청했다. 리스트는 나에게는 사랑 이상이라고, 내 전생(前生)이라고 말씀드리며 열심히 내 입장을 변호했다.

소용없었다.

세상에는 내면의 세상을 열어주고 그 세상이 가지고 있는 힘에 오히려 날개를 달아주는 금지 사항들이 있다. 교수님의 금지, 그 금지는 나를 해방시켰다. 오히려 나의 의지와 힘을 부추겼다.

그때까지만 해도 나는 아직 베토벤의 철학에 대해서는 잘 알지 못했다. 더군다나 그가 선호하는 것이 내가 추구하는 것인 줄은 더더욱 모르고 있었다. 즉 "아주 예외적인 경우에만 다른 사람의 충고를 따르라. 너 자신이 꼼꼼하게 검토한 문제에 대해서라면, 어느 누가 너보다 더 그 문제가 가지는 다양한 양상을 잘 알겠는가?"

실제로 나와 리스트의 관계를 누가 나보다 더 잘 알 것이며, 내가 리스트의 소나타를 꼭 연주해야만 하는 이 필요성과 간절함에 대해서도 누가 더 잘 이해할 수 있다는 말인가? 나를 사로잡고 고양시키는 이 기쁨의 원천, 도전할 때 느끼는 쾌감, 이 기쁨이 어떤 것인지 추측이라도 할 수 있는가? 이 리스트의 소나타가 내 손가락들 사이에 불어넣는 희망과 슬픔을 그 누군가가 예측이라도 할 수 있다는 말인가? 내 안에서 내 심장이 되어 그것을 강렬하게 직접 느끼지 않는 이상 무슨 권리로 나에게 그 곡을 연주하지 말라고 금지시킨단 말인가? 지금 당장 그 소나타가 나를 부르는데 열여섯 살이 될 때까지 기다려야 할 이유가 무엇이라는 말인가? 음악에는 나이가 없다. 마음과 정신의 성숙함은 달력의 햇수와는 아무 상관이 없다!

"내가 어렸을 때 사람들이 내게 '너도 한번 쉰 살이 되어봐라, 그때는 보일 테니'라고 말하곤 했다. 지금 난 쉰 살이다. 그리고 여전히 아무것도 보지 못했다"라고 에릭 사티는 고백했다.

어떤 작품을 연주할 준비가 되었다는 것은 도대체 무슨 뜻일까? 준비가 되었다는 것은 우리가 그 작품과 함께하지 않으면 우리 삶의 의미마저 사라지는 듯한 것을 뜻한다. 준비가 되었다는 것은 피아노 앞에 앉아 있느라 밥 먹는 일마저 잊어버리는 것이며, 손가락이 몹시 아프고, 밤에도 연습을 하기 위해서 문득 잠자리를 박차고 일어나는 것을 뜻한다. 준비가 되었다는 것은 나의 몸 안에서 음표들이 펄떡거리는 소리를 듣는 것이며, 열광이 나의 몸을 휘감는 것을 뜻한다. 준비가 되었다는 것은 자신의 모든 것을 맡기고 자신을 전적으로 작품에 내어주는 것을 뜻한다. 준비가 되었다는 것은 아무런 이유도 없이, 지혜가 있든 없든 개의치 않고 오직 열망만을 믿음과 토대로 삼아 나아가는 것을 뜻한다.

모차르트는 이미 여섯 살 때부터 작곡하기 시작했고, 쇼팽은 그의 나이 불과 스무 살도 안 되었을 때 이 세상에서 가장 아름답다 해도 모자란 두 개의 피아노 협주곡을 작곡했다. 상상할 수 없는 많은 수의 명작품들을 남긴 슈베르트는 고작 서른을 넘기고 죽었다.

베토벤이 언제 그의 음악이 "성숙하게" 연주되기를 바란다고 말했던 적이 있는가? 그에게 음악은 "남자들로부터는 불같은 정신이, 여자들의 눈에서는 눈물이 솟아나오도록" 해야 하는 것이었다. 그리고 이는 행정 서류에 주로 사용되는 관용구처럼, "사실임이 증명되었다."

젊음이 가지는 눈부신 활력과 무모함은 그 고유한 독특함을 가지고 있고 예술이 이를 표현할 때는 더더욱 소중한 아름다움으로 승화된다. 또한, 장년의 지혜와 깊이 있는 열정은 장년만이 가지고 있는 유일한 숭고함과 웅장함을 가지고 있다. 왜 간혹 젊은 음악가들이 벌써부터 하얀 머리가 난 철학가처럼 심각한 오라를 풍기며 음악을 하려고 하는지 모르겠다. 젊음은 가면 다시 오지 않는 법이거늘……

3

나는 이제 막 열네 살이 되었지만, 준비되었다. 리스트의 소나
타에 관해서라면, 마음속에서 이미 모든 준비를 마쳤다. 그때부
터 드디어 나의 이루어질 수 없는 듯한, 그래서 더 짜릿한 비밀
스러운 사랑이 시작된 것이다. 그야말로 완벽한 이중생활이 시
작되었다. 선생님이 지정해준 레퍼토리를 얌전하게 연습하는 한
편, "나의" 소나타를 몰래 마음껏 연주하기 위해서 무진 애를 썼
다. 아침 일찍 학교에 가기 전 혹은 저녁 일곱 시 이후 음악원이
텅 비게 될 때면, 혹시라도 남아 있을지 모르는 사람들, 그리고
무엇보다도 나를 담당하는 피아노 교수님의 눈을 피해서 빈 연
습실을 사냥하러 나선다. 그리고 드디어 빈방 안에 들어간 순간
한숨을 크게 돌리고 피아노로 뛰어든다. 부풀어오른 가슴을 진
정시키며. 그럴 때면 나는 한 마리 늑대가 되어 산속을 자유롭게
질주하면서 내가 스스로에게 허락한 이 독립의 신선한 공기를
소중히, 그리고 가슴 깊이 들이킨다. 풋내기 소녀가 사랑에 몸을
던질 때만 가질 수 있는 절대적인 열정과 강렬함, 그리고 절대적

인 꿈을 안고서 나는 그 작품을 마스터하는 일에 뛰어들었다.

이 위험한 모험을 감수하는 동안 나와 언제나 함께한 공범이 둘 있다. 오로르와 녹음기. 내가 수업에 빠지게 될 때마다 강의 노트를 빌려주는 소중한 친구 오로르, 그리고 나의 발전 과정을 하나도 놓치지 않고 충실하게 기록하는 녹음기. 우리는 함께 나아갔다. 끊임없이 그 곡의 미스터리를 탐구했다.

하룻밤은 호로비츠가 연주한 슈베르트의 「소나타 B♭ 장조 D 960」의 음표 하나하나를 해부하면서 음색을 만드는 그의 면밀한 소리 과학과 너무도 정확한 음악적 귀에 감탄을 금치 못했다. 그의 독특한 소리 과학으로 호로비츠는 어떤 음들은 거의 들리지 않게 처리하면서 다른 몇몇 음들을 특별히 선택해 도드라지게 연주해서 듣는 나를 경악시켰다. 나는 수첩에 이렇게 적었다.

"'이 글을 읽기 전에 체크할 것! 지금 이 순간이 만약 본능을 따라 내 마음이 가는 곳으로 따라가야 할 때라면 내가 지금 쓰고자 하는 이 글에 신경 쓰지 말 것.'

음악을 풍성하고 특별하게 만드는 그 요소들을 찾아내어 강조할 것. 그 요소들이란 음표일 수도 있고, 뉘앙스, 소리, 리듬, 분위기, 페달, 악센트일 수도 있으며, 때로는 동시에 이 모든 것을 연결해서 얻어질 수도 있다. 베이스들은 정말로 필요할 경우에만 부각시킬 것, 그래야만 첫눈에 반했을 때 모든 것이 사라지고 사랑하는 사람만 보이는 것처럼 베이스가 등장할 때 정말로 그 특별한 개성을 살려 그것의 존재성을 확실히 들려줄 수 있다. 그

때 내 짝을 드디어 만난 것같이 안도의 한숨이 쉬어질 것이다. 그렇다고 이 수법을 너무 자주 써먹으면 안 된다. 결정적인 순간을 포착해야 한다. 안 그러면 평범해져버리고 동시에 무거워지니까. 조금 더 거리를 두고 듣다 보면 보다 쉽게 음악을 진정으로 맛볼 수 있으며 듣는 사람들에게도 이 깊은 맛을 보게 할 수 있다.

청중은 모든 시간을 가지고 너에게 귀를 기울이고 있다. 여유를 가져라! 네 앞에 영원의 시간이 있으니! 너 자신을 마음껏 표현하라! 네가 원하는 대로 음악을 지휘하라! 연주하는 사람은 너니까 너 자신의 주인이 되어라. 너만의 고유한 소리, 너만의 고유한 음악성을 창조하라. 현재를 살라, 앞으로의 시간을 미리 생각하지 말라! 그러기 위해서는 온 힘을 다해서 연습해야 한다! 외적이 아닌 내적으로 표현하라. 외적으로 표현할 경우 건방지고 경박한, 즉 우스꽝스러운 음악이 되고 말 위험성이 있다!

기다리게 하고 놀라게 하라. 느껴야 한다! 박자는 느끼는 것이지 세는 것이 아니야! 계산하지 말라! 청중이 이해할 수 있게 연주하라. 청중이 장대 위에 올라가서 재주를 부리는 원숭이를 보아서가 아니라 작품을 이해했고 감동받았기 때문에 박수를 치도록 하라. 네 안에 두 사람이 공존하도록 하라. 연주하는 이와 듣는 이."

나는 이렇게 둘로 나뉜다. 삶에서도 음악에서도. 한때는 연주하면서 피아노와 하나가 될 때가 있다. 너무도 단단히 결합한 나머지 나는 나의 고유한 존재마저 잊어버리게 된다. 반대로, 어떤 때는 연주 중인 나를 내가 멀리 떨어져서 관찰하기도 한다.

서대산인 성담 스승님은 "명상이란 대상과 하나가 되는 것인 반면 선정은 대상을 관찰 중인 자신과 하나가 되는 것"이라고 말씀하셨다. 나와 피아노, 그리고 나의 녹음기, 우리는 지금 나도 모르는 사이에 명상과 선정을 발견하고 있는 중인 셈이다.

4

2년 동안 나는 정말이지 신들린 것처럼 살았다. 생니콜라 가에서 학교로, 학교에서 음악원으로 늘 달음박질치는 생활이었다. 그러던 어느 날 집으로 돌아오는 도중 길에서 한 여자분을 마주쳤는데, 그 순간 나는 몹시 놀라서 어쩔 줄을 몰랐다. 그토록 놀란 이유는 그분이 한국 사람이기 때문이었다. 이 코 높은 프랑스인들만 있는 곳에서 글쎄 정겨운 검은 머리와 부드러운 얼굴선의 한국인을 보다니! 너무나도 감동 그 자체였다. 나는 지금도 유럽을 다니다가 한국 사람을 마주치기라도 하면 왜 그리 반가운지 모르겠다.

그분의 출현과 더불어 두고 온 내 나라와 문화가 단숨에 나를 찾아왔다. 내 나라와 내 문화를 내가 얼마나 그리워하고 있는지를 나는 그 순간에 비로소 깨달았다. 갑자기 모든 것이 와글거리며 표면으로 떠올랐다. 한국은 곧 내 어린 시절이었다. 곧 그 두 가지가 마구 뒤섞여 앞서거니 뒤서거니 하며 떠올랐다. 길에서 만난 그분의 자태는 나를 한국으로, 어린 시절로, 결핍으로,

행복으로 데려갔다.

그분께 다가가서 물었다. "한국분이세요?"

"응, 너도? 너, 이 근처에 사니?"

"시내에서 엄마랑 둘이 살아요. 그런데 엄마는 프랑스 말을 전혀 하지 못하세요. 그래서 늘 혼자 지내시거든요. 우리는 이곳에 아는 사람이라고는 한 명도 없어요. 부탁드리는데, 우리 집에 놀러오지 않으실래요? 주소를 적어드릴게요."

그저 기쁜 나머지 이것저것 생각해볼 겨를도 없이 말이 마구 쏟아져나왔다. 영희라는 이름을 가진 그분은 갈색 머리에 체구가 작으신 50대 부인이었다. 나의 눈에는 그 아주머니가 희망의 한 모습으로 보였다. 엄마에게 소통할 수 있는 분이 생긴다는 희망. 학교에서 돌아왔을 때 엄마가 집에 안 계시면 어떡하나 하는 마음에 집을 나서자마자 두려움에 떨기 시작했던 어린 시절과 마찬가지로 나는 엄마만 생각하면 늘 걱정에 휩싸였다. 엄마가 혹시 길을 잃고 집을 못 찾고 있는 것은 아닐까 하는 걱정. 종이에 우리 집 주소와 전화번호를 적어 핸드백에 챙겨드렸지만, 만에 하나, 엄마가 그 종이를 잃어버린다면…….

교문 앞에서 서성거리며 학교 수업이 끝나고 나오는 아들딸들을 기다리는 부모님들을 볼 때마다 나는 기쁨과 슬픔이 교차하는 묘한 감정에 사로잡히고는 했다. 그럴 때마다 마음 깊은 곳에서 빨리 집으로 돌아가서 엄마를 보살펴드려야겠다는 절박함이 치밀어올라오면서 조급해졌다. 언젠가 저녁때 엄마가 했던 그

말, 나의 마음을 갈기갈기 찢어놓았던 그 말이 지금도 나의 귀에 또렷하게 들린다.

"참 이상도 하지. 글쎄 거울을 봤더니 입가의 주름이 볼수록 아래로 처지지 뭐니. 아마도 그게 내 평소 얼굴 표정인가봐. 하루 종일 이야기할 상대도 없이 혼자 지내니 계속 입이 처지는 것 같구나."

그런데 영희 아주머니의 출현으로 사정이 완전히 달라질 것이었다. 나를 지켜주는 행운의 별이 한국 여인의 얼굴로 나타난 것이나 다름없었다. 그도 그럴 것이 그분 덕분에 우리는 곧 루앙 주재 대한민국 영사관의 명예 영사인 김양희 박사님을 소개받을 수 있었다. 박사님의 어진 성품과 헌신적인 태도가 나에게는 우아한 향기처럼 감격스럽게 다가왔다.

1953년 스물여섯 살의 나이로 프랑스에 도착한 김양희 박사님은 프랑스에서 공부한 최초의 한국인 유학생들 가운데 한 사람이었다. 당시 한국인 유학생은 다섯 명에 불과했단다. 그분은 소르본 대학에서 박사학위를 받은 후 파리와 루앙에서 심리학자로 활동하셨으며 최초의 한국인–프랑스인 커플 가운데 하나로 폴 할머니와 국제결혼 60주년을 맞으셨다.

박사님을 만나기 위해서 처음으로 루앙의 르카뉘에 가에 위치한 대한민국 영사관 건물에 들어서면서 나는 넓적한 석재로 지은 건물의 위엄에 적잖이 긴장했다. 거대한 출입구는 물론, 섬세하면서도 학자 냄새를 풍기는 김양희 박사님의 집무실 분위기에도 압도되었다. 박사님은 단아하다 못해 가냘픈 인상마저 주는 체구에 몸짓도 조심스러운 분이셨다.

몇 년 후 박사님의 집을 방문한 날, 폴 할머니께서 손수 만드신 케이크와 배추찜 요리로 함께 저녁 식사를 할 때도 박사님은 언제나 그렇듯이 나를 상냥하게 맞아주셨다. 박사님에게는 격무에 시달리는 외교관의 느낌을 전혀 받을 수 없었고 오히려 조국에 대한 큰 그리움이 보였다. 그로 인해서 프랑스 외지에서 생활하고 있는 한국 사람들의 마음을 뼈저리게 이해하고 최선을 다하여 도우시는 모습에 나는 많은 것을 느꼈다. 그래서였을까, 놀랍게도 자신을 할아버지라고 부르라고 하셨을 때 나는 많이 놀랐으며 굉장히 감동을 받았다. 실제로도 손자가 없으신 할아버지는 나에게 따뜻하고 다정한 가족이 되어주셨다. 나도 역시 친가와 외가 모두 할머니, 할아버지가 내가 태어나기도 전에 이미 돌아가셔서 한 번도 만나보지 못했기 때문에 박사님과 폴 할머니는 내가 한 번도 가져보지 못했던 할머니와 할아버지를 대신해주셨다.

김양희 박사님은 2015년에 돌아가셨다. 폴 할머니와 더불어 그분은 나에게 다정함과 환대의 의미를 전해주셨다. 또한 자신이 태어난 고국을 사랑하는 고귀한 마음이 어떤 것인지도 깨닫게 해주셨다.

5

나는 할아버지나 그 어느 누구에게도 내가 리스트의 소나타와 맺고 있는 밀도 높은 관계에 대해서는 한마디도 하지 않았다. 또한 얼마나 큰 희열을 느끼면서 그 강렬한 사랑에 내려진 금지 조치를 박차고 나왔는지도 물론 털어놓지 않았다. 하지만 그 금지된 사랑은 이제 세상 밖으로 나올 시기를 호시탐탐 노리는 중이었다.

이제 나는 막 열다섯 살이 되었다. 2년이라는 긴 시간을 숨어서 쉬지도 않고 그 사랑을 키워온 나는 어느 날 수줍음 많은 어린 약혼녀처럼 조심스럽게 피아노 교수님의 강의실 문을 두드렸다. 두 눈에는 벌써 눈물이 그렁그렁했고 목구멍을 타고 올라오는 내 목소리는 떨렸다. 단어들이 물고기처럼 내 성대 사이를 미끄러지듯 허우적거렸다.

"교수님께서는 제가 리스트의 소나타를 연주하는 걸 싫어하신다는 점, 잘 알고 있어요. 그런데 만일 제가 그 곡을 완전히 다 외워서, 소화하고 연마해서 연주한다면……그래도 안 될까요?"

나는 피아노 앞에 차분히 앉아 숨을 고르게 쉬며 눈을 감았다. 내 손가락들 사이로 열다섯 살 소녀가 2년 동안 품어온 사랑이 흘렀다. 그 손가락들 사이로 위협을 무릅쓰고 도전해보겠다는 열정과 용기도 흘렀다. 거기에는 마음에 들지 않으면 어떡하나 하는 두려움 따위는 더 이상 들어 있지 않았다. 그것을 넘어서는, 음악에 대한 믿음이 담겨 있었다. 아무리 그 교수님과 내가 다르다고 해도 음악 안에서만큼은 우리가 하나라는 것을 알았다. 그분도 나와 같이 음악을 사랑하고 자신의 자아를 떠나서 음악에 초점이 가 있다는 것을 의심치 않았다. 우리는 음악을 들려주는 메신저일 뿐이니까. 그 점만큼은 추호의 의심도 없었다.

그때까지만 해도 나는 많은 음악인들이 음악의 메신저가 아니라 음악을 이용한다는 사실을 모르고 있었다. 그리고 권력에 대한 사랑이 음악에 대한 사랑보다 크다는 사실도 알지 못했다. 나는 그 같은 사실을 시간이 좀더 지난 다음에야 알게 되었다.

드디어 리스트의 소나타 연주를 다 마쳤다. 교수님은 흡족해하면서도 동시에 불쾌해하는 모습을 보였다. 방금 들은 연주에 대해서 어떻게 반응을 해야 할지 몰라서 난처해하는 예민한 모습이었다. "이 세상에 피아노 선생들이 있어서 다행이다. 그렇지 않으면 학생들의 실력은 너무 심하게 늘 것이니까"라고 모리츠 모슈코프스키는 말한 바 있다. 교수님의 반응을 본 나는 이제 피아노를 독학하고 싶은 강렬한 욕망에 불타올랐다. 하지만 나는 여전히 선생님의 처분만을 기다려야 하는 처지였다. 공개적으로 이 그늘에서 자유로워질 수 있는 기회가 어서 빨리 왔으면 좋겠다고 생각했다. 자유. 또 이 자유! 음악을 하기 위해서는 내 영혼의 자유가 필요했다.

앙리 바르다 교수님과의 만남도 나에게 찾아온 자유 중에 하나였다. 나는 예술계에 만연한 위선을 피해서 한평생을 조용히 음악에 바치며 제자를 양성하고 계시는 그의 명성에 끌렸다. 앙리 바르다는 파리 국립고등음악원의 교수님이셨다. 음악의 절대적인 아름다움을 추구할 뿐만 아니라 비정상적이라고 할 수 있을 만큼 발달한 그의 귀는 그 어떤 음악도 단 한 번만 듣고 바로 피아노로 칠 수 있었다. 그리고 방금 들었던 그 음악으로 12조로 조옮김을 자유자재로 즉시 할 수 있는 경악할 만한 화성적인 귀를 소유하고 계셨다. 그분의 귀에는 그 어떤 흔들림도, 가장 작은 오차도 그냥 지나쳐 가지 않았다. 실제로 화성적으로 가장 난해한 라벨의 「라 발스(La Valse)」를 공부하고 있을 때 교수님께서 12조로 조옮김을 내 앞에서 바로 하시는 것을 보고 경악했던 적이 있다. 나는 아직까지 앙리 바르다 교수님과 같은 귀를 소유한 음악인은 만난 적이 없다. 특히 음악인들 사이에서 존경받고 인정받으시는 바르다 교수님을, 루앙 국립음악원의 내 피아노 담당 교수님도 한번 만나보라고 권유했다. 이렇게 인연을 맺어 주신 것에 대한 은혜는 평생 잊지 못한다.

바르다 교수님과 첫 레슨에 나는 마음이 내키지는 않았지만 담당 교수님이 지정해준 레퍼토리의 곡들을 억지로 연주했다.

나에게 지금 가장 소중한 리스트의 소나타를 들려드리지 못하는 것이 너무 안타까워 더더욱 마음이 내키지 않았다. 더군다나 앙리 바르다 교수님이라면 나의 리스트에 관한 사랑에 대해서 꼭 전적으로 이해해줄 것만 같은데……. 나의 마음을 전달하고 나누지 못하는 이 상황은 더욱더 나의 마음을 무겁게 만들었다.

그런데 갑자기 그가 피아노 앞에 앉더니 쇼팽의 「발라드 2번」을 치기 시작했다. 이 명작품의 심장은 이루 말할 수 없이 어둡고 비극적이다. 그에 비해 그 곡을 시작하는 첫 마디들은 굉장히 순수하면서 단순하지만 동시에 그 안에는 앞에 다가올 어둠을 예비하는 듯한 깊은 세상을 머금고 있어야 한다. 두 손 모두 같은 한 음표만을 연주하기 때문에 너무 쉽다는 착각을 일으킬 수가 있어서 조금이라도 방심하면 열정 없고 **무미건조한** 곡으로 만들어져버린다. 연주자가 그 세상 안에 자신의 온 세상을 밀어 넣을 열정을 가져야만 그 곡이 가진 진가를 유감없이 드러낼 수 있다.

내 앞에서 앙리 바르다 교수님은 이 곡을 어느 누구와도 다르게 연주해 보였다. 피아노 앞에 앉자마자 그의 손가락 아래로 무수히 많은 세계가 펼쳐졌다. 연주를 하는 그는 교수가 아니라 창조자로 변했다. 그리고 그런 그가 낭시에서 여는 하계연수에 나를 받아주기로 한다는 것이다. 그리고 그 연수에서 주도하는 신인 독주가를 위한 활동에도 참가해서 연주회를 할 수 있는 기회도 주어지게 되었다!

그 하계연수 때 나는 용기를 내어 앙리 바르다 교수님에게 리스트의 소나타를 들려주었다. 마침내 그의 앞에서 그 무서운 소나타를 연주하며 2년 동안 이중생활을 하면서 가슴앓이를 한 나의 사랑 이야기를 들려준 것이었다. 그는 주의 깊게 나의 연주를 들었을 뿐만 아니라 낭시 하계연수 폐막 기념 연주회에서 다른 곡이 아닌 바로 그 곡을 연주할 것을 제안하면서 나를 제일 마지막 순서로 계획했다. 또한 내가 작곡한 「소나타 1번」도 함께 선보이는 영예를 안았다.

그때 그가 나에게 베풀어준 것은 단순히 한 번 연주하는 기회만이 아니었다. 그는 나에게 무슨 일이 있어도 나의 직관을 따라야 하며, 나 자신에게 최대한 충실하고 솔직하게 다가가야 한다는 신념을 확인시켜주었다. 그가 내게 준 것은 새로운 희망이었다. 모든 어려움에도 불구하고 내가 솔직하게 들려주고 드러냄으로써 이해받을 수 있다는 희망이었다. 나는 나의 행운의 별에 대한 믿음을 새로이 했으며, 파리 국립고등음악원에 입학하는 나의 소망을 이루기 위해서 정진할 용기를 얻었다.

6

   루앙 국립음악원에서 정해진 과정을 마친 나는 오트 노르망디 전 과목 음악 교육 디플로마를 받았고 결국 루앙 국립음악원 졸업장을 취득했다. 나와 함께 졸업시험을 본 학생들은 대부분 나이가 20대 중반에서 서른을 넘긴 이들이었다. 너무 어린 나이에 졸업을 한 관계로 내가 재학 중인 일반학교와 연결되어 있는 이 음악원을 바로 그만두기에는 애매한 상황이었지만 나는 그때 내 담당 교수님과의 수업을 중단하고 혼자서 공부하기로 결정했다. 나 스스로에게 성공할 수 있는 모든 기회를 주기 위해서는 내가 원하는 곡들을 직접 선택하고 원 없이 연습할 수 있어야만 했다. 어떠한 타협도 허락하지 않고 나 자신에게 솔직하고 충실하기 위해서.

   "자신을 능가하는 제자를 어떤 식으로 바라보는가를 보면 그 스승의 수준을 평가할 수 있다. 진정한 스승이라면 스승의 품을 떠나 뼛속까지도 철저하게 자신만의 길을 만들어가는 제자를 기쁨 속에서 바라볼 테지만, 가짜 스승은 이와 반대로 상처받고 제자를 비판하려 든다"라고 일본 시인 야즈키는 말했다.

나는 열다섯 살이며, 뼛속까지 철저하게 나만의 길을 가고 싶은 욕망을 가졌다. 그리고 나는 그 욕망을 실제로 고백하려고 하는 참이었다. 내 가슴 안에 일어나는 지진을 고스란히 겪으면서, 흐르는 눈물을 삼키려고 애쓰며 나는 용기 내어 담당 교수님에게 "휴학"을 요청했다. 그것이 그분에게 견디기 힘든 모욕이었는지, 교수님의 얼굴은 굉장히 빨개졌고 미친 듯한 분노가 그녀를 완전히 집어삼킬 것만 같았다.

하루는 저녁때 음악원에서 생니콜라 가의 집으로 돌아오는 길에 김양희 할아버지를 만났다. 큰일이라도 난 것같이 몹시 당황하신 모습이었다. 나의 담당 교수님이 나를 음악원에서 퇴학시키려 할 뿐만 아니라 아예 프랑스에서 추방시키려 한다는 것이었다! 교수가 직접 영사관으로 찾아와 그 같은 요청을 했다면서 할아버지는 도대체 무슨 잘못을 했기에 교수님이 그렇게 노발대발하느냐고 물으셨다.

"교수님 앞에서 리스트의 소나타를 연주했고, 휴학을 요청했어요." 내 대답은 간단했다.

다음 날 아침, 학교에서 수학 시간에 교장 선생님이 나를 호출하셨다. 같은 반 아이들이 모두 놀라 휘둥그레져서 자리에서 일어나는 나를 쳐다보았다. 수업 시간 중인데도 나를 불러낸 것으로 보아 예외적으로 심각한 상황임이 분명했다. 빠른 걸음으로 걸었다. 교장 선생님을 뒤에서 따라가는데 인적이라고는 없는 복도에서 내 청바지 양쪽이 스치면서 부스럭거리는 소리, 내 구두가 바닥에 닿는 소리만 들렸다. 사람은 한 명도 없었다. 사람이 없는 세상, 보이지 않는 가운데 무엇인가가 펼쳐지면서 우리에게 다가오는, 시간 밖의 시간이었다.

교무실에는 무거운 분위기가 감돌았다. 탁자 주변으로는 어른들이 쭉 둘러서 앉아 있고 나만 혼자였다. 겨우 열다섯 살짜리 혼자, 동반자라고는 음악뿐인 열다섯 살짜리 나를 지탱해주는 것은 오직 피아노뿐인데. 나는 혼자서, 웅성거림의 한가운데에서, 화살처럼 하늘을 뚫고 지나가는 단어들을 들었다. 어쩌면 나에게 상처가 될 수도 있는,─음악원 퇴학, 프랑스에서 추방─아니, 확실히 나에게 상처를 주는 단어들이 들렸다.

그 자리에는 우리 학교의 교장 선생님과 음악원 부학장이 나란히 앉아 있었고, 학교 음악 선생님과 내 담임 선생님의 모습도 보였다. 이 어른들이 나에게 물었다, 왜 피아노 수업을 중단했느냐고. 이미 울음으로 가득 찬 목구멍을 타고 밖으로 흘러나오는 나의 목소리는 떨렸다. 나는 미쳐 날뛰는 소를 수레에 붙잡아 매듯이 억지로 울음을 참았다. 거기 모인 어른들에게 어떻게 된 일인지 간단하게 설명하려고 더듬거리며 말했다. "죄송합니다. 정말 죄송합니다. 하지만 저는 이제 파리 국립고등음악원 입학시험을 준비해야 합니다. 기간이 이제 1년밖에 안 남았습니다. 제가 피아노 앞에서 자유롭고 행복하기 위해서는 제가 원하는 곡을 선택해야 합니다. 다른 사람이 나 대신 하는 선택을 어쩔 수 없이 따르는 그런 위협은 더 이상 무릅쓸 수 없습니다."

음악원 부학장은 그런 나를 공격적이라고 비난했다. 그때 우리 학교 교장 선생님이 부학장의 말을 끊으며 "사람은 공격받았을 때 공격적으로 되는 법입니다"라고 나를 변호하셨다. 그러자 학교 음악 선생님이 대답하셨다. "나는 림의 말을 이해할 수 있어요. 나 역시 연주자이니까요. 나는 오르간을 전공해서 잘 아는데, 오르간이나 피아노 수업은 각기 다른 두 사람 사이의 연금술이 중요합니다. 두 사람 사이의 이해가 무엇보다도 중요한 시간이라는 거죠. 그런데 두 사람 사이에 뜻이 맞지 않는다면, 그때는 도리가 없는 거죠……."

교장 선생님께서 한마디 덧붙이셨다.

"문제는 림이 아니라 그 피아노 교수님이군요. 림을 추방한다는 것은 말도 안 됩니다!"

뜻밖에 나를 감싸주는 어른들, 우리 학교 선생님들의 말을 들으면서 감정이 북받쳤다. 음악에만 몰두한 나머지 그토록 심드렁하게 다닌 학교 선생님들께서 나를 이렇게 변호해주신 것이다. 고독만이 내 몫이라고 믿고 있던 나는 보이지 않는 불빛들이 내내 나와 함께했음을 그제야 깨달았다. 이제 그 빛은 어둠에서 나오면서 나를 향해서 외쳤다. "자, 이제 어서 가거라. 너 자신을 향해서 마음껏 달려봐. 너의 꿈을 이루렴……."

7

엔리케 그라나도스의 「로스 레키에브로스 (Los Requiebros)」, 슈만의 「소나타 2번」, 쇼스타코비치의 프렐류드와 푸가 등이 내가 파리 국립고등음악원 입학시험에서 연주할 자유곡으로 선택한 작품들이었다. 나는 매일 녹음을 하고, 녹음한 것을 듣고, 고쳐 연주하기를 반복했다. 그것은 나에게 기도, 명상, 열망이자 의지 그리고 믿음이었다. 내 안에 자리한 별이 나를 부르는 소리. 그 소리에 언제나 응답하는 투지. 행운의 별이 언제나 나를 따라다니고 있음에 대한 나의 확고한 믿음은 투지를 불태웠다.

루앙 국립음악원에서는 거의 아무도 내게 말을 걸지 않았다. 나는 기피 인물이 되어버렸다. 대다수 사람들은 나의 실패를 의심하지 않았다. 나이도 너무 어린 데다가 옆에 지지해주는 담당 교수님도 없이 혼자서 공부하는 사람인데 어떻게 성공할 수가 있다는 말인가.

나에게 절실하게 필요한 격려를 나는 내가 획득한 자유 속에서 얻었다. 음악은 순수하게 최선을 다해서 사랑하는 자들에게

1988년 안양 자택에서.

1994년 엄마와 함께.

1994년 부모님과 함께.

1999년 프랑스 콩피에뉴,
"이모"의 집에서.

2000년 마르크 오플레 선생님,
그의 자작곡 연주 후.

나를 중심으로 (왼쪽) 마에스트로 라비노
비치, (오른쪽) 앙리 바르다 교수님, 2012
년 파리 라디오 프랑스 인터뷰 후에 방송
국 앞에서.

2010년 브라질 살라 상파울루 홀, 헬리오폴리스 심포니 오케스트라와 차이콥스키 협주곡
1번 연주 후.

2011년 7월 스위스 라쇼드퐁, 베토벤 소나타 전곡 레코딩 당시.

2012년 9월 영국 런던, 야마하 피아노 광고 촬영 중.

2012년 영국 런던에서, 베토벤 소나타 전곡 앨범 커버 촬영 때. ©Simon Fowler

2012년 2월에 출시된 베토벤 소나타 전곡 앨범 CD 커버 사진.

2013년 독일 바이에른 방송 교향악단의 클릭 클락 프로그램 촬영 중.

2013년 영국 런던 야마하 채플, 신피니 뮤직(Sinfini Music)과 촬영 중.

2013년 남아메리카 투어 중 브라질 살라 상파울루 홀. NDR 함부르크 심포니 오케스트라와 라흐마니노프 피아노 협주곡 2번 공연 리허설 중.

2013년 예술의전당, 한국에서의 첫 공연이었던 리사이틀 후에 열린 사인회.

2014년 11월 일본 산토리 홀, 도쿄 메트로폴리탄 심포니 오케스트라와 협연. ©Rikimaru Hotta

2014년 일본 오사카 이즈미 홀, 모차르트 피아노 협주곡 21번 공연 리허설 중.

2014년 11월 일본 다이이치 세이메이 홀, 도쿄 리사이틀.

2014년 11월 일본 산토리 홀, 차이콥스키 1번 공연이었던 도쿄 메트로폴리탄 심포니 오케스트라 협연을 위한 리허설 중.

위: 2014년 일본 우와지마 지역, 일본 리사이틀 투어 중 사인회.

오른쪽: 2016년 5월 프랑스 프로방스, 바흐 평균율 1권 완주 공연 후.

맞은편: 2013년 영국, 라벨, 스크랴빈 앨범 커버 촬영 때. ©Sheila Rock

2015년 스위스 뇌샤텔 콘서바토리, 서대산인 성담 스승님과 함께.

용기와 믿음의 은혜를 백배로 더 많이 돌려준다는 용맹하고 거친 믿음이 나에게 있었다. 우리들 눈에 보이지 않는 온전하고 완전한 정의는 존재하기 마련이다. 진정한 마음을 보호해주는 법 위의 법.

그뿐만 아니라 모두가 불가능하다고 장담하는 것을 기어이 이루어내리라는 소망에서 오는 그 짜릿한 흥분감도 맛볼 수 있었다. 열다섯 살의 모험심과 무모함이 나를 지탱해주고 끌어올렸다.

내가 처한 여러 가지 상황들이 빚어내는 아주 특별한 연금술, 그것이 입학시험 때까지의 몇 주, 몇 달 동안 나를 다시금 일어나게 도와주었다. 주어진 임무의 거대함에 용기를 잃어 위축되어 가다가 넘어지는 나를 일으켜준 것도, 가슴속에 추위가 몰아치고 외로움이 광기 어린 손길로 나를 끌어안을 때 나를 지켜준 것도, 하루 또 하루, 한 곡 또 한 곡 뚜벅뚜벅 나아갈 수 있도록 끈질기게 이끌어 준 것도 그 독특한 연금술이었다. 2003년 2월 아침, 루앙 역으로 향하는 그날까지.

기차에 올라타면서 나는 전율을 느꼈다. 심장은 나를 마구 두드렸지만 마음 깊은 곳에서 정체를 알 수 없는 내면적인 평온함이 번졌다. 기차 여정은 한 시간이 걸리지만 나는 줄곧 시공간을 벗어난 곳에 머물러 있었다. 안양의 피아노 선생님의 시선이 배어 있는 어린 시절의 추억 속을 거닐어보았다. 그때가 어제 같은데. 모든 것이 너무도 가까우면서도 멀다. 지금은 내일, 아주 먼

훗날의 일이었는데, 벌써 기차에 몸을 싣고 있다니.

거대한 백색 유람선을 연상시키는 파리 국립고등음악원 건물 내부에 들어서자 수많은 피아니스트들, 전 세계에서 몰려온 피아노 영재들이 내 눈에 들어왔다. 참가자들의 국적만도 스무 개가 넘는다고 했다. 당연히 한국에서 온 지원자들도 있었다. 어린 나를 그토록 매혹시켰던 치맛바람 엄마들이 키워낸 신동 계열의 지원자들. 모두들 우리의 운명을 결정할 네 가지 시험을 치르기 위해서 그곳에 모였다. 음악 이론, 자유곡, 초견 연주, 그리고 지정곡, 이렇게 4차례에 걸쳐 이루어졌다. 이 많은 지원자들 가운데 기껏해야 10명 남짓만 합격할 것이다. 그리고 이곳에서 공부할 수 있는 영예를 누리고 동시에 국가에서 모든 학업 코스를 지원해주기 때문에 등록비나 학비가 1년에 불과 몇 십만 원이 채 넘지 않을 것이었다.

나는 혼자서 지난 몇 년 동안 나의 학습과정에서 자양분이 되어주었던 것들에 집중했다. 음악에 나 자신을 맡길 때 정신이 아득해질 정도로 느껴지는 희열, 음악을 연주하는 순수한 기쁨. 그 기쁨을 오늘 나는 심사위원들과 함께 나누고 싶었다. 나의 기쁨이 그들의 기쁨일 것이라고 짐작했으니까. 지금 내가 두려움에 떨고 있지는 않은지? 그럴 수도 있다. 하지만 그 두려움은 음악을 나눌 경이로운 자리에 대한 기대에 덮여버렸다. 왜냐하면 나에게 이 순간은 입학을 위한 치열한 콩쿠르를 넘어서 심사위원들과 내가 예술에 대한 사랑 속에서 함께 자리하는 시간이니까.

그들에게 내가 경험한 천국과 지옥, 피아노와 내가 하나가 될 때 결국 창조되어 나오는 결정체를 관능적으로 보여주는 시간이 되리라는 기대감. 그날 나는 그들에게 단순히 연습에 바쳐진 무수히 많은 시간들, 지칠 줄 모르고 반복해온 곡들만 보여주는 것이 아니라 삶에 대한 열정, 안양에 살던 어린 소녀, 콩피에뉴의 사춘기 소녀를 송두리째 내주었다. 나는 그들에게 나를 항상 목마르게 하던 갈증, 어렸을 때부터 더할 나위 없이 단순하게, 그리고 너무나도 당연하다는 듯이 세상의 빛이 되겠다고 말해온 나의 꿈을 피아노를 통해 고백했으며, 내 마음 안에 일어났던 지진, 두려움, 엄마의 기대, 마르크 오플레 선생님의 무한 신뢰, 앙리 바르다 교수님이 베풀어준 은혜, 루앙 피아노 담당 교수님에 대한 분노, 중학교 교장 선생님의 전폭적인 지지, 경찰청에서 내가 보인 당돌함, 그리고 음악에 대한 나의 사랑을 전부 내주었다. 그 모든 것이, 아니 그 이상이 거기에 담겨 있었다. 다들 쉬쉬하며 이야기하지 않는, 하지만 내 어린 시절의 자양분이 되어 대지를 형성하는 그 모든 것들을 그들에게 건네주었다. 국경이 불확실한 나라에서 이따금씩 세상에 대한 신뢰가 내 발밑으로 꺼져 들어갈 때 토양이 되어주고 단단한 반석이 되어주었던 음악.

그 장소에 나를 응원하는 사람이라고는 한 명도 없었다. 그러나 다른 참가자들과 동행한 부모들이 자신들의 신동 자녀들에게 불어넣는 어마어마한 긴장감을 관찰 중인 나에게 이런 부재는 오히려 그곳이 편안히 숨 쉬는 공간이 되도록 작용했다.

하지만 그로부터 12년이나 지난 후에 나는 나에게 얼마나 큰 지지와 성원이 조용히 그리고 강렬하게 수호천사처럼 따라다니고 있었는지를 알게 되었다. 엄마가 100일 동안 내 곁에서 매일 108배를 드렸던 것이다. 불교에서 108배는 깊은 경배심과 겸허함을 의미한다. 엄마는 방석 위에서 석 달도 넘는 기간 동안 매일 아침 두 손을 모으고 정성스레 절을 올리셨다. 108배를 통해서 세상을 위해서, 모든 생물체들을 위해서, 그리고 인간이 가진 가장 소중한 것, 인간의 신성함을 위해서 엄마는 절을 올리셨다. 나에게 한마디 말도 없이 그렇게 묵묵히 나를 응원해주신 것이다. 내 곁에서 나도 모르게, 생니콜라 가의 그 작은 아파트에서 엄마는 그렇게 나와 언제나 함께하며 뒷받침해주시며 지원하셨던 것이다.

파리 국립고등음악원 입학시험 날 내 옆에 아무도 없었을지는 몰라도 실제로는 그 이상 가는, 더 중요한 것이 있었던 것이다. 엄마의 무한 사랑, 보이지 않고 조용한 그 사랑이 배려와 인내심으로 충만한 두 팔로 나를 번쩍 들어올려 내가 영성에 마음을 열 수 있도록 도와주었던 것이다.

나는 그날로 기차를 타고 루앙으로 돌아왔다. 결과 발표를 기다리지도 않고. 한국인 지원자 한 분에게 내 전화번호를 적어드리며 결과를 알려달라는 부탁을 했다. 드디어 그토록 기다리던 시험을 치른 것이다. 딱히 무어라고 이름 붙일 수 없는 묘한 무기력감이 엄습해왔다.

루앙에 돌아온 나는 말없이 바로 샤워를 했다. 욕실에서 나오는데 기쁨으로 환한 활기찬 엄마의 얼굴이 보였다. 환희가 뿜어져 나오고 있는 그 광경이 너무도 아름다운 나머지 나를 온통 뒤흔들 정도였다.

한국 여학생이 막 전화를 해온 것이었다. 한국인들 가운데에서는 내가 유일한 합격자이며 루앙 국립음악원 출신들 가운데에서도 합격자는 나뿐이라고 했다.

"엄마, 지금 농담하는 거 아니지?" 내가 엄마에게 물었다.

"아이고, 진짜야 진짜!"

나는 엄마를 끌어안았다. 엄마의 기쁨, 희망과 기대, 그리고 한결같은 격려와 지지도 나의 품에 와락 끌어안았다. 전화기를 들고 많은 이들에게 이 소식을 알리시는 엄마의 모습을 보니 이제서야 실감이 났다. 나 또한 혹시라도 나의 합격 소식으로 나의 담당 교수님이었던 그녀의 마음이 누그러지지는 않을까 하는 마음으로 전화를 걸어 이 소식을 알렸다.

교수님은 말이 없었다. 그러더니 몹시 동요되고 거의 화가 난 듯한 목소리로 물었다.

"아니, 그럴 리가 없어. 확실한 거니?"

"제 눈으로 직접 결과를 보지는 않았지만 확실할 거예요."

그녀는 재빨리 전화를 끊었다. 우리는 그 이후로 한 번도 다시 만나지 않았다.

나는 지역 신문 1면을 장식했다. 프랑스의 채널3 텔레비전에서도 내가 사는 집이며 공부하는 음악원으로 와서 취재를 하고 보도 방송을 내보냈다.

이렇게 해서 나의 꿈은 이루어졌다. 파리 국립고등음악원에 들어가겠다는 꿈…… 이제 엄마는 프랑스를 떠나 한국으로 돌아갈 채비를 서두르셨고 나는 여전히 미성년자였으므로 그 유명한 파리 국립고등음악원에서는 후견인을 지정할 것을 요구했다. 명예 영사님, 그러니까 "할아버지"께서 내가 열여덟 살이 될 때까지 후견인이 되겠다고 선뜻 나서주셨다. 그후 나는 루앙 법원에 성인임을 입증하는 성인 권리 취득 신청을 했는데, 이 요청은 별다른 어려움 없이 수락되었다.

법정에서 판결문이 날아왔다. "아직 미성년자인 신청자는 나이가 열여섯 살이지만 혼자서도 충분히 자신의 인격과 재산을 관리할 수 있다고 판단하여 우리에게 성인 권리 취득을 허락해 줄 것을 요청했다. 우리가 조사를 한 결과 아이의 부친은 한국에 거주 중이며, 모친은 현재 한국으로 떠나려는 중이다. 미성년자 소녀는 이미 대단한 성숙함과 확실한 자율성을 입증해 보였다. 신청 동기는 파리 국립고등음악원에서 계속 이어지는 예술 학업이고 이는 정당하며 이를 위해서 동원된 조치들은 적절하다. 이런 이유로 우리는 림 양의 성인 권리 취득을 선언한다. 검사 측과 아동판사 측에도 이 판결문의 사본이 발송될 것이다."

8

"엄마는 현재 한국으로 떠나려는 중이다……." 정말로 엄마는 떠나셨다. 또다시 맞이하는 이별의 아침. 차창 너머로 걷잡을 수 없이 흐르는 눈물과 그 눈물을 닦기 위해서 손가락으로 움켜쥔 손수건으로 기억 되는 아침. 이제 꿈을 실현한 독립적이고 자유로운 딸을 만들어 결국 다시 떠나가시는 또 한번의 아침.

꿈을 이룬다는 것은 무엇일까? 그 많은 권력 싸움과 제대로 살아보지도 못하고 기대와 실망으로 가득 차 있는 삶의 대가가 고작 이런 것일까? 나는 "이모"와 그 여자가 품고 있던 깊이 모를 서글픔을, 악어처럼 강인한 나의 아버지가 품고 있는 헤아릴 수 없는 고통을, 고소한 향기의 우리 엄마의 사랑을, 안양에서 먹던 그리운 김치를 생각했다. 또한 마르크 오플레 선생님을, 마리와 클레아, 안양 다리에서 우리 집 건물 옥상에 빨래가 걸리기만을 기다리던 시간, 콩피에뉴에 있는 교회, 그리고 그 앞에서 만난 할아버지를, 그분이 나에게 주신 파란 알람 시계를 생각했다. 또한 쇼팽과 리스트, 내 오빠들, 그리고 오로지 음악만이 표현할 수 있는, 말하면 안 되는 것들, 가령 향기, 꿈, 성스럽고 고귀한 숨결을……

오랜 꿈을 이루었는데도 나의 목마름은 여전했다. 그 사실을 막 알아차렸고, 그것은 나에게 커다란 충격이었다. 그렇다면 나의 진정한 꿈은 무엇이란 말인가? 갈증을 궁극적으로 해소해줄 샘으로 나를 이끌어줄 꿈은 도대체 무엇일까?

엄마와 루앙에 살았을 때 엄마께서 자주 들으시던 카세트 테이프가 생각이 났다. 법륜 스님과 깊은 인연을 맺으신 중수 외삼촌께서 보내주셨던 그 스님의 가르침이었다. 그때 가끔씩 귀동냥으로 들은 단편적인 말씀들에 호감이 가서 자주 귀를 기울였던 기억이 있다.

마침 법륜 스님이 독일에 올 것이라는 소식을 접한 나는 모든 꿈이 이루어졌으나 실제로는 결국 별일이 일어나지 않은 것 같은 이 시기에 스님이 지도하시는 정신 수련에 참가하기로 마음먹었다. 9월이면 파리 국립고등음악원에 입학하는데, 나에게 치열하게 다가올 공부 과정으로 들어가기 전, 나의 정신과 마음이 더욱더 확실히, 그리고 똑바로 서는 것이 나에게는 더욱더 중요했다.

수련회는 프랑크푸르트 근처의 작은 마을에서 열렸다. 원래 미성년자들은 참가할 수 없었지만 이번에도 행운의 별이 나에게 미소를 지어주었다. 성인권 취득을 한 덕분이었다. 열두어 명의 지원자가 법륜 스님의 제자이신 유수 스님의 가르침을 받을 것이었다. 나무들로 둘러싸인 집 밖으로는 시골 풍경이 펼쳐지고 주위는 초록 일색이었다. 유수 스님의 미소조차 맑고 푸르셨다.

이곳에는 시간이라는 것이 없었다. 손목시계도 필요 없었다. 기숙사로 우리를 깨우러 올 때면 밖은 여전히 깜깜했다. 아침 식사를 마치고 나면 명상이 이어졌다. 여기는 모든 것이 명상이었다. 신발을 벗어서 두 짝이 완벽한 사각형을 이루도록 가지런하게 정리하는 것도 항상 깨어 있음의 표시이고, 음식을 먹은 그릇들은 세 개의 통을 차례로 거치는 방식으로 조심히 설거지했다. 밀가루를 섞은 물이 담겨 있는 통에서 그릇에 붙은 음식 찌꺼기를 제거하고 난 다음 깨끗한 물이 담겨 있는 나머지 두 통을 거치면서 헹구면 그릇은 나무랄 데 없이 깨끗해졌다. 설거지용 세제는 따로 쓰지 않았다. 우리는 생명체와 자연을 존중하는 의미에서 집을 보살폈다.

매일 이어지는 수업에서는 우리 각자의 자아라는 문제를 중심으로 그것으로부터 비롯되는 것과 참자아로부터 비롯되는 것을 생각해보는 기회를 가졌다. 수업이 끝나면 산책을 하면서 토론이 이어졌고, 이 토론 시간을 통해서 나는 나를 사로잡고 있는 모든 의문점에 대해서 더 깊이 생각할 시간을 가졌다. 엄마가 나에게 자주 해주시던 말이 생각났다.

"천하의 양귀비가 제아무리 아름답다고 해도 늙으면 다 소용이 없는 거란다. 그 아름다움은 일시적이고 덧없는 거야. 육체적인 아름다움이란 겉껍질에 불과해서 오래갈 수가 없단다."

나도 오래 전부터 알고 있었다. 육체는 하나의 옷에 불과하며, 죽을 때는 아무것도 가지고 가지 못한다는 것을. 내가 아무리 재산이 많다고 해도 그것을 저세상에 가져갈 수 있는가? 나에게는 오히려 영원히 지속되는, 저세상에서도, 그 어디에서도 함께하는 나의 영원한 본질을 풍성하게 키우는 것이 진정으로 지혜롭고 온당한 것이었다. 내면의 본질적인 아름다움, 보이지 않는 섬세한 아름다움의 영원한 재산. 나는 그 재산을 끊임없이 늘리고 싶었다. 더불어 지금 열여섯 살의 내가 접한 불교의 신선한 가르침과 매일매일의 경험에서 얻는 깨달음은 조금씩 내 안에 새로운 자산이 되어갔고 탐험의 공간을 만들었다.

이 과정에서 나는 참나, 우리의 본성, 혹은 진정한 본질을 발견하게 되었다. "표면적인 나"의 환상을 더 확실히 구분하게 된 것이다. 우리가 생각하는 그 표면적인 "나"는 우리의 전부가 아닌 것이다. 나는 진정하고도 진정한 참나이며 림은 그저 그것의 한 표현에 불과할 뿐이다. 하루하루 시간이 지나갈수록 이 기만적이고 부산스러운 자아는 차츰 없어지고 언제나 영원히 영원부터 있었던 그 동요하지 않는 정신의 본질이 내 안에 뚜렷하게 드러나기 시작했다.

그 발견은 나의 인생에 있어서 하나의 주현절(主顯節)*과

---

* 공현절 또는 주님 공현 대축일이라고도 하는 이날은 메시아로서의 예수의 출현을 축하하는 기독교의 축일로, 전통적으로 1월 6일로 정해져 있으나 1월 2일부터 8일 사이의 일요일이 되기도 한다/역주

같았다. 나의 앞에 열린 완전히 새로운 장의 발견이었다. 무한하고 놀라운 새 세상. 그렇다. 진정한 나의 꿈이 실현되는 순간이었다……. 내가 열두 살에 한국을 떠나지 않을 수 없었던 것도 그 꿈 때문이었다. 엄마의 사랑보다 더 크고, 피아노보다 더 확실하며, 음악보다 더 원대한 그 꿈. 내가 그토록 갈구하던 자유, 절대에 관한 갈망. 음악은 그것을 위한 수단이며 피아노는 도구에 불과했다. 음악가는 내면의 지혜에 귀 기울이며 그것을 탐사하고 그 궤적을 지도로 남긴다.

성공과 행복, 돈과 물질적 소유, 콩쿠르 같은 것들이 그렇지 않아도 가파르고 토대가 빈약한 그 길을 가로막았다. 이 모든 것의 허망함을 느끼게 된 나에게는 스님이 되겠다는 오직 한 가지 욕망만 남았다. 아주 절박한 심정이었다. 나는 드디어 그 어떤 것과도 견줄 수 없는 완벽한 길을 발견한 것일까? 그리고 그 길을 공경할 수 있는 기회가 생긴 것일까? 그 길은 나의 오랜 염원이자 소명, 즉 "절대적인 완전함"과의 만남으로 나를 데려다줄 수 있을까?

즉시 엄마에게 알리자 엄마는 변함없이 나를 응원해주셨다.

"그렇게 해야 네가 행복하겠다면, 나야 물론 너를 도와야지. 게다가 스님이 된다면야 넌 늘 평온한 마음으로 살 수 있을 테니 말이다."

그런데 유수 스님의 생각은 이와 사뭇 달랐다.

"왜 그토록 단호하게 스님이 되겠다는 겁니까? 음악가로도 얼마든지 세상에 공헌할 수 있는데 말입니다. 생각해보십시오. 예를 들어, 독재자가 어떤 나라를 침공하려는 의도를 가지고 있던 중에 당신의 연주를 듣고 그런 악마적인 생각을 잊어버리게 된다면 당신은 한 나라를 구한 것과 다름없지 않습니까⋯⋯."

영성과 거리를 둔 삶은 나에게 부질없고 하찮아 보였다. 마침내 만난 **진정한** 세상, 환상과 가면들을 초월하는 세계가 나를 그 무엇보다도 강력하게 잡아끌었다. 하지만 어쩔 수 없었다. 세상을 거부하면서 하나님께 귀의할 수는 없는 법이었다. 마찬가지로 자신의 그림자를 보는 것이 두려워 종교에 몸을 의탁해서는 안 될 일이었다.

피아노는 늘 "절대적인 완전함"에 목말라 하던 어린 소녀에게 그것을 찾는 도구가 되어주었다. 만약 "절대적인 완전함"을 찾기 위해서 음악 대신 종교에 귀의하는 길을 선택한다면 나는 결국 수단에 집착하는 것과 다름없었다. 다시 말해 수단에 갇히게 되는 것이었다.

훗날 서대산인 성담 스승님께서 그분의 트레이드 마크인 유머와 간명함으로 나에게 한마디 해주셨다.

"부처가 되기보다 부처처럼 행동하라. 부처행을 하는 자가 부처님이니 깨달음을 찾으려고 허망하게 시간을 보내지 말고 지금 즉시 각자 자기 자리에서 부처행을 하라. 부처행이란 나 아닌 것이 없으면 나도 없다는 걸 깨달아 모든 생명이 행복하도록 도우면 부처행이다.”

그렇다. “절대적인 완전함”을 계속 찾으며 헤맬 것이 아니라 지금 즉시 여기에서 그 “절대적인 완전함”을 삶과 음악으로서 표현하면 된다. 왜냐하면 그 절대적인 완전함, 즉 정신의 본질, 온전하고 완전한 참나는 영원한 영원부터 언제나 내 안에 있었고 영원히 있을 진정한 “나”이므로. 그것은 표면적인 “자아”, 혹은 껍질에 불과한 “나”가 아닌 나의 진정한 본질이므로.

쉽게 이야기해서 지금 내 안에 하나님이 나와 함께 계시는데 어디서 하나님을 따로 찾으려 한다는 말인가? 그 하나님을 나라, 문화, 전통, 언어에 따라 알라, 하느님, 하나님, 신, 창조주, 우주적 의식, 생명의 에너지, 광명의 빛, 무한 사랑, 혹은 부처라고 하든 말이다.

이 경험을 통해서 나는 각자가 가진 재능을 너무 당연한 듯 쉽게 생각하는 위험에 빠지지 않고 그 재능을 공경하는 겸손함을 가져야 한다는 것을 배웠다. 절대적인 것이란, 비록 그것이 하나의 얼굴로 나타날지라도, 거기에는 이미 모든 얼굴이 포함되어 있는 것이다. 그 점을 내가 완전히 소화시키기까지는 꽤 오랜 시간이 필요했다.

그 무렵 나에게는 독일에서 얻어온 그것보다 더 귀중한 것이라고는 하나도 없었다. 그것을 무엇이라고 불러야 할지는 잘 모르겠으나, 아무튼 그 보물은 엄청난 것이었다. 말로는 이루 표현할 수 없고 잡으려 해도 잡히지 않는 그 보물의 존재감은 나의 존재 전체에서 강력하게 느껴졌다. 그 보물은 겸허함과 묵상을 말한다. 그것은 들판에 핀 꽃들만큼 가볍고 살포시 떨어지는 꽃잎만큼이나 남의 눈길을 끌지 않는다. 그것은 강물을 따라서 흘러가고 새들과 함께 하늘을 난다. 눈물범벅이 된 뺨을 살포시 어루만져주는 손의 모습으로 나타나기도 한다. 흙처럼 우툴두툴하기도 하고 배고픔처럼 솔직하기도 하다. 기도만큼이나 강한 힘으로 타는 목을 축여주고 우리 몸에 스며든다. 이제 그 보물을 찾은 만큼 나는 새끼를 지키는 늑대 어미처럼 그것을 강렬하게 보호할 것이다. 이 보물이 앞으로 나의 모든 선택에 힘을 실어줄 것이다.

파리

1

　나의 파리 국립고등음악원 입학을 기념하기 위해서 부모님은 나에게 첫 그랜드 피아노를 사주기로 결정하셨다. 오직 나만을 위한 피아노라니! 여러 상점들을 수도 없이 방문한 끝에 나는 예쁜 밤 색깔의 작고 아담한, 일명 "두꺼비"라고 불리는 사이즈의 중고 피아노를 선택했다.

　드디어 나에게 오로지 나만의 피아노다운 피아노가 생긴 것이다. 이제 그 피아노를 들여놓을 아파트만 마련해 거기에서 연주에만 전념하면 되었다. 그러나 현실 속에서는 그런 아파트를 찾는 일이 결코 쉬운 일이 아니었다. 피아노라는 말만 꺼냈다 하면 집주인들이 열렸던 문들을 모두 닫아버리는 것이었다. 어쩌다가 마음껏 피아노를 칠 수 있는 아파트가 나왔다 하면 그것은 엄두도 못 낼 정도의 집세를 요구했다. 그럼에도 불구하고 나는 전의를 불태웠다. 끈질기게 발품을 팔았지만 결국 단념하고 교외로 나가기로 마음먹었다. 하지만 거기서도 거부 반응은 여전했다. 끝내 자유자재로 피아노를 연주할 수 있는 곳을 찾아내고 말았다. 도로면에 위치한 차고였다. 하지만 상관없었다. 오직 피아노 연주를 해야 한다는 절박함이 꽉 차 있었기에 나는 복권에 당첨된 사람처럼 흥분했다. 그리고 참으로 어이없을 정도로 순진하게 그곳으로 가기로 결정했다. 앞으로 맞이하게 될 천재지변급의 재앙에 대해서는 아무런 생각조차 없이.

완전히 대박이 난 기분이었다. 드디어 피아노와 더불어 살면서 이웃 사람들에게 신경 쓸 필요 없이 마음껏 연주할 수 있으리라.

곰팡이 냄새와 형광등의 창백한 불빛, 얼음장같이 차가운 타일 바닥. 창문이라고는 쇠창살이 쳐진 세 개의 채광 환기창이 전부였는데, 그나마도 너무 높이 달려 있어서 바깥 풍경이라고는 아무것도 볼 수 없었지만, 그 모든 것들은 내 눈에 전혀 띄지 않았다.

차고의 문을 열면 바로 차가 쌩쌩 다니는 도로였기 때문에 그 먼지를 전부 집 안으로 들이려고 마음먹지 않는 한은 거의 열어 놓을 수 없는 처지였는데 나는 그런 것 따위는 안중에 없었다. 불과 길 몇 개 너머로 난 고속도로 출구에서 전속력으로 빠져나오는 트럭들의 소리 따위는 고려하지 않았다.

플라스틱으로 엉성하게 만든 샤워부스는 욕실이라기보다는 오히려 관에 가까웠지만 그 또한 나는 개의치 않았다. 주방 역할을 하는 벽장도 마찬가지였다. 그 어떤 것들도 나의 눈을 깜짝도 하게 하지 않았다. 나는 오직 텅 빈 공간, 한가운데에 피아노를 놓을 수 있는 그 공간에만 눈이 갔다. 나는 그 즉시 계약했다.

146

꿈을 이루겠다고 몇 년 동안 그토록 억척스럽게 전투하듯이 살아왔는데, 이제야 안전하게 삶에 안착할 수 있게 된 기분이었다. 전 세계에서 가장 훌륭하고 전설적인 음악학교가 나를 향해서 문을 활짝 열어주었다. 이 기점을 시작으로 앞으로는 모든 문들이 다 나에게 열릴 것만 같았다.

하지만 체류증을 갱신하러 간 크레테유 경찰청에서 내가 마주하게 된 현실은 정반대였다. 그동안 루앙 경찰청에서 수없이 겪은 경험으로 완전 무장된 나는 거기라고 뭐 별다를 것이 있겠는가 하는 마음으로, 파리 국립고등음악원 입학증도 있겠다 룰루랄라 가벼운 마음으로 그곳에 도착했다. 아직 밤의 어둠이 채 가시지 않은 새벽 다섯 시 반이었지만 그곳에는 벌써 많은 사람들이 와서 문이 열리기를 기다리고 있었다. 그 사람들의 얼굴에서는 어쩐지 서글픔과 비애 같은 것이 묻어나왔다. 이 어마어마하게 긴 줄에 깜짝 놀란 나는 앞쪽에 줄 서 있는 몇몇 사람들에게 몇 시에 도착했느냐고 물었다.

"어젯밤이요! 우리는 여기에서 아예 텐트를 쳐놓고 잤는걸요. 운이 좋으신 편이네요. 이렇게 늦게 도착하셨어도 오늘은 사람이 별로 많지 않으니까, 아마 문 닫기 전에 안으로는 들어갈 수 있을 겁니다."

빗방울이 떨어지기 시작했다. 몹시 춥고 주위는 아직 컴컴했다. 내 옆에는 금발에 파란 눈을 가진 여자아이가 줄을 서 있었다. 우리는 몇 마디의 말을 주고받으려고 애썼지만 그 아이는 아직 프랑스어를 잘 구사하지 못하는 모양이었다. 동유럽에서 온 소녀였다. 그 아이의 눈은 커다란 불안과 두려움을 담고 있었다. 그 아이의 마음에서 가냘픔과 떨림이 들려왔다.

줄이 짧아지기만을 기다렸다. 끈질기게 기다렸다. 몇 시간 동안이나. 빗속에서. 분노가 치밀기 시작했다.

키 큰 남자 한 명이 불쑥 나타나더니 우렁찬 테너 음성으로 노랫가락을 읊었다.

"유니온 유러피언(Union European)! 유니온 유러피언!" 몇 개의 손이 번쩍 올라갔다.

"당신들은 건물 안으로 들어가도 좋습니다."

서둘러 그 남자에게 달려가 다시 나의 이성을 차리고 최대한 상냥한 말투로 그에게 물어봤다.

"안녕하세요, 죄송하지만 우리도 안으로 들어가게 해주시면 안 될까요? 너무 추워서요."

"아니, 그건 안 됩니다."

"왜요? 우리도 저 사람들처럼 안에서 기다릴 수 없나요?"

"오로지 유럽연합 출신들만 들어갑니다."

"왜 그래야만 하는데요? 우리 모두가 추워하는 모습을 보고 계시잖아요?"

"그럴 거면 우리나라에 오지 말았어야지……. 여기는 원래 추운 나라니까. 너무 추우면 당신 나라로 돌아가든가!"

"당신 방금 무슨 말을 했는지 알기는 해요?"

결국 나는 옆 친구가 맡아준 자리로 돌아왔다. 분노가 천 개의 얼굴로 나타났다. 직권 남용이 빚어내는 불의, 개인을 짓누르는 체제에 맞서서 아무것도 할 수 없는 무기력함 등. 마음만큼은 영원한 아이인 내 안에서 살아 있는 분노가 치밀어올랐다.

그리고 또다시 끝없는 기다림이 이어졌다. 마음을 가라앉히려고 무진 애를 써보았다. 마침내 우리도 안으로 들어가게 되었지만, 모든 창구는 닫혀 있었다. 그래도 이제는 적어도 앉을 수는 있었다.

길게 팽창만 하는 시간이 한없이 이어졌다. 나는 내가 지금 빼먹고 있는 수업, 지금 이 자리까지 오기 위해서 내가 갖추어야 했던 끈질긴 노력과 힘이 이곳 직원들의 어처구니없는 적대감과 안일함에 전부 허사가 되고 있는 듯했다.

옆 친구와 나는 엉성한 영어로 가끔씩 대화를 나누며 지루함을 달래보았다. 그러던 중에 그 친구가 갑자기 나에게 화장실에 잠깐 다녀올 동안 자리를 맡아달라고 부탁했다. 그런데 하필이면 바로 그 친구가 자리를 비운 사이에 여직원이 한 창구를 열고 모습을 드러내더니 몹시 언짢은 태도로 상자 안에 차례대로 여권을 넣으라고 지시했다. 그동안 화장실에 갔던 친구가 돌아왔을 때는 이미 늦었다. 상자가 사라져버렸으니까. 작아질 대로 작아진 그 친구는 결국 기어이 참고 있던 눈물을 터뜨리고야 말았다.

그 친구를 꼭 안아주고 싶었다. 우리를 옥죄고 있는 족쇄를 부술 수 있는 무엇인가를 발명해내고 싶었다. 나는 그 친구에게 직원들이 나의 이름을 부를 때 같이 가자고 제안했다. 그후 나의 이름이 들리자 우리 둘은 함께 일어나 창구로 다가갔다. 나는 직원에게 열심히 설명을 시작했다. 그 친구의 서류를 나의 서류보다 먼저 처리해달라고 부탁했다. 여직원은 거절했다. "그거야 내가 알 바가 아니죠. 이 사람은 다른 날에 다시 와야 해요."

"하지만 이 친구는 오늘 수업을 하나도 못 들었어요. 우린 함께 벌써 몇 시간씩이나 기다렸다고요. 제가 증인합니다. 이 친구는 겨우 화장실에 갔다 왔을 뿐입니다!"

"글쎄, 그건 내 문제가 아니라니까요. 이 사람은 우리가 지나갔을 때 그 자리에 있었어야 했다고요."

나는 여직원의 눈을 똑바로 응시한 채, 마치 그녀의 운명을 결정하는 판결이라도 내리듯이, 한 음절 한 음절 끊어가며 말했다.

"이보세요. 당신은. 심장. 대신. 돌덩이를. 가졌군요." 여직원이 노발대발했다. 친구는 소리 내어 울었다. 경찰 몇 명이 달려왔다. 나는 그중 한 사람에게 자초지종을 설명했다. 경찰도 공감하는지 나한테 찡긋 윙크를 보내더니 여직원한테 뭐라고 속삭였다. 경찰이 말하는 내용이 내 귀에 들리지는 않았지만 결국 나와 친구의 서류는 바로 접수되었다. 친구는 나를 와락 끌어안았다. 나는 그 경찰에게 음악에 대해서 이야기했다. 피아노에 대해서도 말했다. 그에게 진실을 말했고, 그는 그 진실을 들어준 것이었다. 가슴이 후끈 달아올랐다. 지칠 대로 지쳤지만 기쁘고 뿌듯했다.

드디어 무지와 편견 사이에서의 줄타기를 끝낸 것이다. 체제가 행사하는 완력에 짓밟히지 않고, 체제가 보유한 권한의 이름으로 맥없이 유린당하지 않고 절망 속에 빠져 있는 그 친구를 도울 수 있었다. 그리고 사람다운 사람을 만났고, 이 모든 것을 기어이 해낸 것에 대한 안도감이 쓰나미처럼 몰려왔다.

나는 크레테유 경찰청 소속 직원들의 삶을 상상해보았다. 끝도 없이 들이닥쳐 도움을 요청하는 인간의 파도. 하지만 한계에 부닥쳐 그들로서도 어쩔 수 없는 무기력함. 나는 그 심정을 헤아리기 위해서 계속 노력해보지만⋯⋯. 직권 남용은 그것이 어떤 형태로 나타나든지 나의 분노를 자아낸다. 어느 날 한 오케스트라 지휘자가 소말리아에서 기근으로 죽어가는 아이들에 대해서 나에게 한 말이 기억난다. 그자에 따르면, 그런 아이들에게 먹을 것을 주는 것은 아무 짝에도 소용이 없단다. 왜냐하면 어차피 그 아이들은 "아무것"도 되지 못할 것이 뻔하기 때문이란다. 그런데, 모든 것을 손에 넣을 수 있는 위치에 있는 그자야말로, 그런 식으로 그렇게 이야기하는 그자야말로 자기 자신이 말한 그 "아무것"도 아닌 자가 되어버린 것이 아닐까?

내가 베토벤에게 그토록 큰 감동을 받는 것은 한편으로는 그의 대쪽 같은 성격 때문이기도 하다. 사회적인 계급의 차이에도 불구하고 자유롭게 행동하는 그의 방식, 사람을 대함에 있어서 그 사람의 지위 따위는 전혀 고려하지 않고 모두를 평등하게 대하는 그의 태도.

베토벤은 모인 사람들을 위해서 한 곡조 연주해달라는 리히노브스키 공작의 갑작스러운 요청을 수락하지 않았다. 그래도 공작이 고집스럽게 그의 방문을 두드리자 방에서 나온 베토벤은 의자를 들어 자신의 후원자인 공작의 머리에 내려치려고 했다. 다른 사람이 나타나 그를 말려야 했다. 훗날 베토벤은 리히노브스키 공작에게 이렇게 말한다. "공작께서는 태어나면서 자동으로 지금의 지위를 부여받았지만, 저는 제 실력으로 이 자리까지 왔습니다. 지금까지도 그랬고 앞으로도 수천 명의 공작들이 태어날 것입니다. 하지만 베토벤은 단 한 사람뿐입니다."

내가 『티베트 사자(死者)의 서(書)(Bardo-thos-grol)』를 읽기 시작한 것이 그 무렵부터이다. 그 책은 산 자들과의 교류에 도움을 주니까……

2

　차고 아파트에 정착한 지 얼마 지나지 않아 신선한 공기와 햇빛의 부족함이 느껴지기 시작했다. 밤이면 트럭들의 소리, 특히 자주 지나다니는 구급차의 불안한 사이렌 소리가 어찌나 요란스러운지 피아노 소리로도 덮어지지 않았다. 하지만 그래도 피아노를 마음껏 칠 수 있다는 것이 너무 고마웠다.

　그날 저녁에도 여느 때처럼 피아노를 치고 있었는데 마치 누군가가 정신없이 내 쓰레기통을 뒤지는 것 같은 신경질적인 소리가 반복적으로 들려왔다. 음악에 온전히 빠져 있던 나는 꿈인지 생시인지 모른 채 계속 음악과 함께 있었다. 하지만 소리가 끈질기게 이어졌다. 그런 소리에는 아랑곳하지 않고 몽환적인 상태에 빠져 계속 음악을 이어갔다. 그래도 들렸다. 그리고 소리와 더불어 무서운 이미지들도 같이 따라왔다. 내 상상의 세계를 듬뿍 채우고 있던 음악의 황홀한 색깔은 단숨에 사라지고 누군가가 나의 집에 들어왔다는 두려움이 생겼다.

　겁이 덜컥 난 나는 벌떡 일어났다. 동시에 갑자기 소리가 멈추었다. 별의별 생각이 다 들었다. 웬 남자가 내 차고 아파트에 숨어 있는 것은 아닌지? 아니, 그렇다면 지금 어디에 숨어 있는 거지? 게다가 내가 **쭉** 집에 있었는데 언제 들어왔지? **마술처럼** 나의 집에 숨어든 남자는—여기까지 상상하자 나는 완전히 식겁했다—나를 공격할 기회를 기다리고 있는 것인가? 겁에 질려 주방 구실을 하는 벽장 쪽을 바라보던 나의 눈에 개수대에 놓인 칼이 보였다. 나는 셋까지 센 다음 그리로 달려가 냉큼 그 칼을 집어들 계획을 재빨리 내 머릿속에 세웠다. 그래, 지금이야……. 에이, 모르겠다! 하나, 둘……. 별안간 시커먼 물체가 모습을 드러내더니 화장실을 향해 전속력으로 내뺐다. 쥐였다! 세상에, 쥐라니!

고함을 지른 나는 화들짝 집에서 나왔다. 나는 그때 마침 지나가던 트럭에 치일 뻔했지만 극적으로 위기를 면했다. 너무도 충격적이었다. 자정이 다 된 시간. 어디로 가야 할지 갈피를 잡지 못했다. 외로움이 엄습했다. 두려움을 진정시키기 위해서는 인적을 느껴야 할 것 같았다. 역으로 가볼까? 그러나 전철역까지 가는 황량한 길에서는 행인들에게 민폐를 끼치는 것으로 소일하는 건달들이 종종 있는 관계로 마음이 내키지 않았다.

갑자기 유리병이 깨지는 소리가 들렸다. 몇몇 젊은이들이 싸우는 중이었다. 그들 가운데 하나가 나를 보더니 술병을 손에 들고 내 쪽으로 다가왔다. 나는 얼른 쥐가 출몰하는 나의 집 앞으로 잽싸게 돌아와 문을 열려고 했지만 무서워서 몸이 덜덜 떨리는 통에 열쇠는 자꾸 제 구멍을 찾아 들어가지 못하고 계속 주변

에만 부딪쳤다. 빠른 발자국 소리는 점점 더 가까이 들리는데. 마침내 문을 열어 집 안에 들어서자마자 이중으로 문을 잠갔다. 무서워서 미칠 것 같았다. 진정할 수 없는 광적인 두려움. 나는 기진맥진한 채 자리에 누웠다.

다음 날, 쥐 잡는 인부들이 내 차고 아파트를 하얀 연기로 뒤덮었다. 독한 연기 안에 휩싸인 피아노에게 너무 미안했다. 그 쥐가 드글거리는 곳에 나의 몸 같은 피아노를 버리고 음악원으로 향하는 발걸음이 차마 떨어지지 않았다. 결국 즉흥연주 수업 중간에 강의실에 도착한 나는 지각한 이유를 설명했다.

"쥐 때문이라니! 그보다 좀더 그럴듯한 이유를 대야 하는 거 아닌가?" 교수님이 말도 안 된다는 듯이 나무라셨다.

설움에 북받친 내가 울음을 터뜨리고야 말았고, 그제야 교수님은 정말로 쥐 때문임을 알아차리셨나 보다.

3

차고 아파트에서 나는 이제 밤만 되면 베개 밑에 칼을 넣어놓고 잠자리에 들기 시작했다. 누수 때문에 배관 기술자가 다녀갔는데, 그가 떠난 후 내 열쇠가 동시에 자취를 감추었기 때문이다.

하루는 마리와 클레아를 나의 차고 아파트에 초대한 적이 있었다. 집에 도착하기도 전에 바로 옆길에서 내 친구들은 벌건 대낮에 길에서 공격을 당했다. 다른 한번은 모르는 사람이 나를 내내 따라오길래 달아나는 등……. 지금 나를 둘러싼 세계에는 어둠이 그득하다. 경계심은 한시도 나를 떠나지 않고 나는 시도 때도 없이 정신을 바짝 차려야 했다.

한번은 루앙의 김양희 할아버지께서 전화를 하셔서 나의 집주인이 전화를 했다고 하셨다. 집주인의 말로는 그분이 나의 문을 노크하셨는데 내가 등 뒤에 기다란 칼을 감추고 문을 열었다고 한다. 그가 안녕하시냐면서 어떻게 지내느냐고 물었을 때 나는 그만 엉엉 울었다고 한다. 그런 적이 있었던 것 같기도 했다. 기억도 잘 안 났다. 한계점에 이른 상태였으나 나 자신은 그 사실을 까마득히 모르고 있었으니까.

내 나라가 미치도록 그리웠다. 외로움 때문에 질식할 지경이었다. 나는 늘 신경을 곤두세운 채 경계태세로 언제라도 프랑스에서 추방당할 수 있다는 불안감에 사로잡혀 쫓기듯이 살았다. 고달픈 삶에 살갗이 까지고 상처를 입었다. 나는 조각조각으로 해체되어가는 중이었다. 나는 내 꿈을 위해서 싸웠는데, 그 꿈은 나의 무릎을 꿇게 한다. 나는 이제 넘어지려 한다. 미끄러진다. 내가 한국을 떠나며 갈구했던 자유는 도대체 어디에 있는 것일까? 내가 독일에서 가져온 소중한 보물은 어디로 가버린 것일까?

그 보물이야말로 바로 내가 음악과 그 음악을 창조한 작곡가들의 정신에서 찾아내려 하는 것이었다. 그리고 어떠한 연주를 들을 때에도 늘 그 점에 귀를 기울였다. 아무개는 과연 이 위대한 푸가를 연주할 자격이 있었던 것일까? 이 푸가를 연주하기 위해서는 죽을 위험, 실패하여 망칠 위험, 보기 좋게 체면을 잃게 될 위험을 다 감수해야 하는데. 그럴 용기가 없다면, 즉 그 곡을 연주할 자격이 없다면 아예 하지 않는 것이 현명한 것은 아닐까? 음악은 위험한 것이다. 스스로를 노출시킬 것을 강요하니까. 어떤 곡이든 절반만을 연주할 수는 없다.

4

나는 불교를 통해 접한 자아의 소멸이라는 개념에 계속 이끌리는 동시에 자신의 개성을 강력하게 드러내 보이는 위대한 낭만주의 작곡가들의 강력한 힘에 매혹되었다. 모순되는 이 두 가지 사이에서 방황하면서 나는 음악적으로 지독한 위기를 맞았다. 언젠가 피아니스트 스비아토슬라프 리히터가 말했듯이, "연주자의 개성으로부터 음악의 순수함을 지켜야 하는가?" 하는 말이 있다. 그런데 음악이 창작되었을 때와 같은 순수한 상태로 들려주어야 한다는 말은 무슨 뜻인가? 그게 바로 연주자의 자아의 소멸을 의미하는 것인가? 그렇다면 나 자신의 정체성과 나만의 해석은 어떻게 되는 것일까? 연주자로서 나의 자리는 어디란 말인가? 피아노 앞에 앉아서 그 곡의 메시지를 전달하는 이들은 각각 유일무이한 개성을 가진 연주자들이 아닌가?

즉 지금까지 많은 논쟁을 일으키고 있는 연주자의 인격과 작곡가의 인격이 이루는 조화, 그 관계에 대한 문제는 끝이 나지 않는 것 같다. 연주자는 작곡가의 음악을 전달하기 위해서 자신의 인격을 버리고 작곡가의 인격과 음악만을 최대한 존중하며 시중하는 종이 될 것인가? 그렇지 않으면 오히려 작곡가의 음악을 이용해서 연주자는 자신의 인격과 개성을 최대한 부각시켜 드러내는 것을 추구할 것인가?

많은 음악인들에게 큰 혼동이 되는 이 문제에 대해서 훗날 서대산인 성담 스승님은 그분만의 특유의 명쾌함으로 이 문제를 깔끔하게 해결해주셨다.

"우리가 위대한 한 작곡가의 세계 속으로 깊이 들어갈 수 있다면, 그 음악은 깨달은 자의 음악이므로 우리 또한 그 작곡가의 진정한 본질에 도달하게 됩니다. 그때 우리는 그와 하나가 되며 우리 자신의 진정한 본질에도 도달합니다. 왜냐하면 각자가 가지고 있는 개체성에도 불구하고 그때는 소위 말하는 '하나가 된 의식'과 연결되기 때문이죠. 온 세계를 놓고 볼 때, 어떤 존재도 다른 존재와 완전히 동일하지는 않으나, 참자아, 즉 정신의 본질이라고 하는 것은 모두 하나이며 그것이 바로 우주의 의식입니다. 그때는 연주자와 작곡가 각각의 개성이 공존할 수 있을 뿐만 아니라 그것은 반드시 필요한 상호의존이 됩니다. 그렇게 해서 그 둘은 하나가 되니까요.

경쟁이 심한 이 세상에 사는 우리는 A가 존재하려면 B를 제거해야 한다고 생각하는 경향이 있습니다. 그런데 A와 B라는 두 인격체는 얼마든지 함께 협력하여 공존할 수 있습니다. 그것을 바로 상호의존이라 합니다. 오히려 그렇게 되었을 때 서로 시너지를 내어 훨씬 더 풍부한 삶을 살게 됩니다."

더 나아가 자아에 대해서도 깔끔하게 정리해주셨다.

"자아의 소멸은 그 자체로 목적이 될 수 없습니다. 자아는 환상 속에서 삽니다. 다른 것들로부터 분리된 채 소유하려는 욕망에 사로잡혀 산다는 말이죠. 모든 괴로움과 원망이 거기에서 비롯됩니다. 자아는 스스로를 독립적이라고, 자신의 힘만으로 살 수 있다고 믿습니다. 그런데 우리가 생존하기 위해서는 나무들과 마찬가지로 산소와 햇빛, 바람, 흙 등 여러 가지 요소들이 필요합니다. 제 아무리 영리한 사람이라도 혼자서는 살 수 없습니다. 이런 자아—이렇게 보잘것없는 소자아—를 버림으로써 우리는 비로소 '모든 것과 하나 된 큰 나'를 만나게 됩니다. 어린아이들이 쓰는 말로 하자면 이런 식으로 설명할 수 있을 것입니다. '모두가 나'라고 말입니다.

모든 것이 나 자신임을 깨닫게 되면 나는 자연히 생명 하나하나를 나 자신처럼 돌보게 됩니다. 간이 병들었는데, 심장이 간에게 '너를 낫게 하려고 내가 얼마나 열심히 일하는지 좀 보라'고 말하는 것을 보았습니까? 자아의 소멸이란 우리의 진정한 존재를 발견할 수 있는 무분별 상태에 도달하기 위한 과정에 불과합니다.

무분별의 상태란 생각이 일어나기 이전의 상태이며 자기 자신, 즉 소자아를 내려놓는 순간 만나게 됩니다. 이 과정은 좌절 속에서가 아니라 마음이 활짝 열린 가운데 이루어집니다. 부처

160

님은 우리에게 우리가 이미 깨달은 존재라고 말씀하셨습니다. 저는 제자들에게 평생 깨달음을 목적으로 추구하지 말라고 가르칩니다. 깨달음이 이미 우리 안에 있으니, 따로 거기에 도달할 필요가 없죠.

이렇게 한번 생각해보는 것은 어떠할까요.

우리가 언제라도 죽을 수 있는 존재임을 아는데 어떻게 욕심을 부릴 수 있겠으며 우리가 도와준 덕분에 살아감을 안다면 어떻게 불평불만을 늘어놓을 수 있겠습니까? 우리의 정신이 이것을 인식하는 순간 더 이상 어떤 특별한 노력도 필요 없게 됩니다. 그때 우리의 정신은 이미 자유로워져 있으니까요."

5

내 나이는 이제 열여섯. 나의 목마름은 커져만 갔다. 모든 것을 근본적으로 보려는 나의 절대성 또한 마찬가지였다. 나 자신에 대한 굶주림, 나 자신을 알고 싶은 욕망이 점점 절실하게 느껴지기 시작했다. 음악과 더불어 살면 살수록 미스터리는 증폭되어만 갔다. 앙리 바르다 교수님에 따르면, 음표들은 자기들 고유의 욕망에 따라 움직이므로, 우리는 오직 그것들이 우리의 손가락들 사이를 타며 활기차게 넘나들면서 마음껏 표현할 수 있게끔 투명하게 있어주면 된다고 하셨다.

철저히 외톨이인 나에게 앙리 바르다 교수님은 등대 같은 존재였다. 밤의 암흑 속에서 길을 잃고 헤매는 나를 음악을 통해서 끊임없이 물가로 이끌어주시는 분이었다. 둘도 없는 귀를 가지신 바르다 교수님은 음표들이 자기들끼리 맺고 있는 내재적이며 은밀한 관계를 파악해내는 데에 귀재이시다. 음악이란 한 음과 다른 음 사이의 거리 속에 존재한다는 사실을 그는 누구보다도 잘 아는 음악인이다. 건반 터치부터 루바토에 이르기까지, 모든 것들이 바로 이 인식에서 비롯된다. 나는 "각자의 안에 들어 있는 음악 DNA는 건드리지 않으며", "최소한만 가르친다"는 그의 관심 깊은 배려가 무척 마음에 들었다. 각자가 진실된 자기 자신을 진정으로 표현하는 것에 충실할 것을 바르다 교수님은 많이 강조하셨다. 내가 바르다 교수님께 그의 큰 은혜에 대한 감사함을 표현할 때마다 지극히 겸허하게 나에게 하신 그 말씀은 나에게 얼마나 벅찬 감동이었던가!

"현정아, 이것만은 확실하구나. 난 네가 진실한 너 자신을 진정으로 표현하는 것을 방해하지 않았을 뿐이다."

목요일에 음악원에서의 정규수업 시간 외에도 내가 지금 공부하는 곡들을 바르다 교수님께 연주해드리는 것이 참 좋았다. 종종 주말에도 말이다. 매번 피아노가 놓인 방문을 노크하기 직전이면 나는 성스럽고 신비스러운 곳, 수천 년 전부터 요정 나라의 문을 열어주는 비밀스러운 주문을 보관해온 보물 창고의 문을 여는 것처럼 마음이 설레고는 했다. 날이 밝을 때 그곳으로 들어가 작곡가와 깊은 탐구 여행을 떠났다. 특히 바르다 교수님과 내가 미치도록 좋아하는 쇼팽의 곡들을 연주할 때는 시간조차 더 이상 흘러가지 않았고 그곳을 나설 때는 어느새 벌써 캄캄한 밤이 되어 있었다. 가끔 바르다 교수님은 시내에서 식사도 사주셨다. 그게 나에게 얼마나 좋았던지. 그 훌륭한 교수님께서 나에게 주시는 온정과 다정함은 나의 외로움을 많이 녹여주었다.

때로는 나는 자정까지 문을 여는 샹젤리제의 한 서점에서도 외로움을 달랬다. 책을 온통 삼키듯 읽고 또 읽으면서. 차고 아파트의 나의 침대에는 무수한 책들이 쌓여갔고 작곡가들의 위인전과 편지들을 열정적으로 읽으며 쇼팽을 더 많이 사랑해주지 않은 조르주 상드를 열심히 원망했다. 청소년기의 불같은 강렬한 마음으로 나는 리스트의 정부였던 마리 다구와 두 사람이 주고받은 독설들을 멸시했고 절대 상대를 경멸하지도 비난하지도 않았던 쇼팽에 대한 경의심은 더욱더 높아만 갔다. 그리고 드디어 나는 베토벤을 탐구하기 시작했다.

음악원 동기들과의 교류는 많이 없었다. 우리의 삶은 너무도 달랐다. 하루는 피아노과 동기 친구 한 명을 집에 초대했는데, 그 친구는 내가 호박을 익히는 방법을 보고는 아연실색했다. 불판 두 개짜리 전기 레인지는 이미 오래 전에 고장이 났기 때문에 전기 주전자에 채소를 넣어서 익혀 먹고는 했는데, 솔직히 나는 그다지 황당하다는 생각을 해본 적도 없었다. 그런데 친구한테는 그게 아니었다. 친구와의 교감에 굶주린 나머지 침대 곳곳에 쌓여 있는 책 사이에서 요구르트와 숟가락을 든 채로 새벽 3시까지 열렬히 토론하는 모습도 친구를 놀라게 하기는 매한가지였다.

형제자매들과 함께 만나 식사를 한다거나 가족끼리 휴가를 마치고 돌아온 음악원 학생들이 나에게는 아주 매혹적이었지만 그와 동시에 내가 도저히 넘볼 수 없는 딴 세상에 사는 이들 같았다. 그 학생들은 말하자면 "정상적"이었다. 아무도 그들을 왜 우리나라에 왔냐는 둥 뚫어져라 쳐다보지 않았고, 내가 매일 길거리나 전철 안에서 들어야 하는 이러쿵저러쿵하는 소리를 아무도 그들에게 해대지 않았다.

요즘에도 나는 한국에서 지하철을 탈 때면, 어디를 보아도 모두 나와 비슷하게 생긴 사람들만 있을 뿐만 아니라 아무도 내 존재에 주목하지 않는 것이 이루 말할 수 없을 정도로 좋다. 특히 그 어떤 나라의 언어에서도 잘 통역이 안 되는 우리나라 고유의 "정(情)"이 느껴지면서 드디어 사람 사는 동네에 온 것 같다. 모르는 사람들 사이에도 자연스럽고 따뜻하게 오가는 상호부조의 정이 느껴진다고 할까. 일종의 형제적인 기운, 이 세상에 살아 있다는 단 하나의 이유만으로 사람들 사이에 이전부터 언제나 있었던 우정 같은 것이 모든 사람들 사이에 흐르는 것이다. 여기는 당당하게 편안한 나의 집이다. 여기에서 드디어 나는 "정상적"이다. 이렇게 모든 긴장감이 사르르 풀어질 때 내가 청소년기 때 언제나 함께해야 했던 그 뻥 뚫린 빈자리가 더욱더 강렬하게 다가온다.

그리고 나는 그 빈자리가 오히려 내가 음악을 대하는 자세의 근본적인 절대성을 단단히 세웠다는 것을 알고 있다. 그것 덕분에 나와 음악 사이에 존재하는 절대적인 사랑이 가능했다는 것도. 그리고 음악은 계속 내 안에 있는 어린아이와 언제나 함께해주고 그 아이를 위로해주며 사랑해주고 있다는 것을. 그 어린 여자아이는 내 안에 살아남아 있다. 그리고 우리 눈에 보이는 것보다 훨씬 많은 세상이 존재한다는 것까지 알고 있다. 우리가 상상하는 것보다 훨씬 풍성하고 웅대한 신비의 세계가 존재한다는 사실을 그 아이는 끊임없이 상기시켜준다. 어른들이 미처 기억하지 못하는 것들까지 다 아는 모든 아이들이 그렇게 하듯이. 어린아이들은 아직 확신이나 틀에 박힌 사고가 없기 때문에 모든 것이 가능하며 살아 있는 이 무한의 세계를 볼 수 있는 것이다.

음악은 바로 그 같은 세계로 이끈다. 연주를 하는 것은 음표들의 정확성을 완벽하게 재현하는 것이 아니다. 훨씬 그 이상이다. 연주를 하는 것은 브람스가 말한 그 특별한 세상으로 들어가는 것이다. 그가 말하기를, "우리는 창조주와 하나가 된다……. 나는 작곡하기에 앞서 이것에 대해서 숙고한다. 그것이 첫걸음이다. 내 안에서 도약을 느끼는 순간, 나는 무엇보다도 먼저 나의 창조주와 직접 대면한다. 그에게 이 지상에서 사는 동안 우리에게 가장 중요한 '우리는 어디에서 왜 와서 어디로 가는가'라는 세 가지 질문을 던진다. 그러면 그 즉시 나의 온 존재 안으로 전율이 느껴진다. 내 영혼의 숨겨진 힘을 밝혀주는 정령이 내게로 들어오는 것이다. 이런 황홀경 속에서 나는 평소 나의 정신 상태에서는 모호했던 것을 또렷하게 본다. 그러면 베토벤이 그랬듯이 저 높은 곳으로부터의 영감을 내 안으로 받아들일 준비가 되었다고 느끼게 된다."

20세기 초에 활동한 기자이자 음악 평론가인 아서 아벨은 『위대한 작곡가들과의 대담(*Talks with Great Composers*)』에서 브람스의 이와 같은 언급에 대해서 그리그가 제시한 대답을 소개한다. "브람스가 당신에게 한 말이 내 안에 잠들어 있던 지식, 아니 제대로 소화되지 못하고 남아 있던 인식을 일깨워주었습니다. 나는 이제서야 이 신비스러운 영역에서 그가 겪은 경험들이 여러 면에서 나 자신이 겪은 것들과 유사하다는 점을 깨닫습니다. 다만 그는 너무도 높은 수준의 정신적 결합 능력을 가지고 있는지라 그의 깊은 내면에서 일어나고 있는 일을 확실하게 인식하고 있었던 반면, 저는 그렇게 하지 못했던 것이지요. 브람스가 본능적으로 그리고 의식적으로든 완벽하게 수행한 것을 나는 그저 본능적으로만 했다는 말이죠. 나는 위대한 우주의 법칙과도 관련이 있다는 사실은 인식조차 하지 못한 채, 순간의 영감에 따라서 작곡을 했습니다. 반면 브람스는, 베토벤도 마찬가지이지만, 전능한 힘이 그들을 도와주고 있음을 의식하고 있었던 겁니다. 지고의 창조적 천재들만이 그처럼 최고 수준에 도달할 수 있죠."

이렇듯 음악에 있어서 가장 높은 곳에 대한 나의 열망은 차츰 날개를 펼쳐갔다. 음악은 영성이다. 음악에 전적으로 몰입함으로써 나는 영성에 몸을 맡겼다. 특히 베토벤은 다른 어느 작곡가보다도 나에게 얼마나 깊게 파고 들어갈 수 있는지를 가르쳐줄 것이었다. 하지만 아직 이때 나의 삶에 있어서 베토벤의 시대는 오지 않았다.

6

나 자신을 향상시키고 싶은 욕망을 따라서 나는 파리 국립고 등음악원의 정규수업 외에 다른 강의도 듣기로 마음먹었다. 하루속히 음악인으로서뿐만 아니라 예술가로서도 나 자신을 **확장시켜나가야 할** 필요가 있었다. 나는 여섯 개나 되는 실내악 그룹에 참여했고, 즉흥 연주 강의와 영화 장면들과 음악의 관련을 해석하는 강의도 선택했다. 프랑수아 트뤼포 감독의 「이웃 집 여자」 같은 작품 분석에도 공을 들였다. 집요하게 반복되는 테마를 통해서 음악이 얼마나 미묘하게 파니 아르당과 제라르 드파르디외가 연기하는 두 연인 사이의 치정 관계를 극화(劇化)시킬 수 있는지를 발견했다.

나는 또한 지휘 강의를 선택 과목으로 듣기 위해서 오케스트라 지휘 콩쿠르도 통과했다. 이를 위해서 나는 빈 의자들을 내 앞에 줄줄이 늘어놓고 지휘 연습을 했다. 여섯 명이 통과했는데, 평균 나이가 서른 살이 넘는 그 여섯 명 가운데 나는 유일한 여학생이자 미성년자였다. 다행히 예전에 낭시에서 연수 과정에 참가했을 때 앙리 바르다 교수님께서 하신 말을 다시 되새기며 더욱 당당하게 나아갔다.

"넌 열다섯 살이 아니라, 3,000살이야. 3,000살!"

마에스트로 프랑수아 자비에 로트와의 수업은 얼마나 즐겁던지. 그는 우리에게 헨델의 오페라 「알치나(Alcina)」에 등장하는 오페라 가수들과의 공동 작업을 지도했다. 그리고 파리 국립고등음악원 수상자 오케스트라와의 작업을 통해서 실제로 쇼팽의 「피아노 협주곡 2번」, 장 프랑세의 「클라리넷 협주곡」, 쇤베르크의 「실내교향곡」, 또는 불레즈가 작곡한 공포의 「앙시즈에 대하여(Sur Incises)」 등을 지휘해볼 기회도 가졌다.

그뿐만 아니라 나는 코미디 프랑세즈에서 연극을 가르치는 여자 교수님의 지도로 연극의 세계에도 입문했다. 그분은 우리에게 몰리에르의 작품인 『구두쇠(L'Avare)』 공연을 제안하셨고, 나는 그 연극에서 경박한 젊은 처녀 역을 연기했다.

오보에 교수이자 편곡가인 다비드 왈터는 나의 모차르트 연주를 들쑥날쑥하게 부추기셨다. 앙리 바르다 교수님이 항상 쇼팽, 풀랑크 또는 라흐마니노프 곡을 연주할 때 나의 자유로움을 언제나 지지하시고 독려했다면, 다비드 왈터는 그와 대조적으로 모차르트에 관한 나의 소심함을 지적했다. 「두 대의 피아노를 위한 소나타 D장조」 3악장을 공략하려는 순간 상상 속의 빗자루 위에서 이리저리 뛰어다니는 장난꾸러기 마녀같이 그는 나에게 이렇게 말했다.

"당신의 그 아시아적인 예의범절은 잠시 잊어버리세요, 그런 건 지금 아무에게도 전혀 관심 없으니까! 모차르트가 까불이 어른 아이였다는 걸 모르고 계신 겁니까? 즐기세요, 모차르트를 연주할 때는 어린아이처럼 깡충깡충 뛰어다니란 말이에요! 콤플렉스 있는 사람같이 연주하지 좀 말란 말이에요."

나는 자유로워진다. 수줍음 때문이었는지 혹은 수치심 때문이었는지, 내 안에서 현기증이 날 정도로 일어나는 감정의 기복을 피아노를 통해서 표현하는 데에 많은 부끄러움을 느꼈던 지난 몇 년을 드디어 확실히 뒤로한다. 말 그대로 모든 콤플렉스를 힘차게 던져버린다. 그때까지 음악을 통해서 내가 느끼는 감정의 고양 상태를 끈질기게 물고 늘어질 줄 몰랐으며, 내가 약점이라고 생각했던 바로 그 점을 나의 강점으로 만드는 법을 파리 국립 고등음악원에 와서 배우게 되었다.

음악에서 절제라는 것이 있다고 믿지 않는다. 그렇다, 모차르트는 분명 굉장히 외향적인 인물이었다. 삶의 기쁨과 가벼움이 그가 쓴 편지들에서 드러나듯이 모차르트의 음악에는 장난기가 가득하며, 전적으로 즐기며 생생히 살아 있으라고 부추긴다. 베토벤과 그의 위대함은 우리를 격정에 사로잡히게 하며, 슈베르트의 부드러움은 때로는 환희로 때로는 멜랑콜리로 우리를 어루만진다. 나는 쇼팽이 제자 에밀리 폰 그레치에게 한 충고를 열정적으로 읽는다. "내가 보기에 당신은 당신 자신이 느끼는 감정을 과감하게 표현하지 못하는 것 같군요. 좀더 대담해지세요. 마음

가는 대로 하시라고요. 당신이 지금 음악원에 있는데 그곳에서 이 세상에서 제일 아름다운 연주가 당신에게 들려오는 것을 상상해보십시오. 그리고 지금 그 연주를 한번 들어보세요. 그러면 당신을 통해서 연주되는 그 아름다운 음악을 듣게 될 겁니다. 확고하게 자신을 믿어봐요. 그리고 루비니처럼 노래하려는 의지를 가지세요. 그러면 성공할 수 있습니다. 누가 당신을 듣고 있다는 생각을 잊어버리고 당신 자신을 잘 들어보세요. 당신의 수줍음과 자신감 결핍이 당신을 갑옷처럼 동여매고 있는 것이 보입니다. 하지만 그 갑옷 속에 당신이 감히 고백하지 못하고 있는 다른 것이 있음을 나는 꿰뚫어 볼 수 있습니다."

작곡가들의 철학, 그들의 음악과 글은 나의 날개를 계속해서 부추겼다. 조금이라도 더 발전하고 싶은 조바심치는 열일곱 살의 나에게 알프레드 코르토의 저서 『연주 강의(Cours d'interprétation)』는 값을 매길 수 없는 보물이었다. "작곡가들의 영감 밑바닥에는 한 감정이 깔려 있으며, 연주자의 숙제는 이 감정을 찾아내서 이를 청중에게 그대로 돌려주는 것이다. 표현력은 음악인들의 재능이며 이것을 발달시켜야 한다. 이 덕목이 없다면 음악은 죽은 거나 다름없다. 우리는 너무도 소홀한 탓이거나 적어도 무어라 설명하기 힘든 부끄러움 때문에, 그저 '좀더 강하게 연주하라, 좀더 작게 연주하라, 여기서 잊지 말고 악센트를 주어야 한다, 이것은 꼭 필요하다'라며 너무 자주 이런 식으로 가르치며 자기가 할 일을 다 했다고 생각한다. '이것은 꼭 필요하다'

라니, 무엇 때문에 꼭 필요하다는 말인가? 아무튼 그 결과 작곡가가 절망감으로 절규하고, 사랑이 주는 불같은 고통을 호소할 때 우리는 무슨 상투적인 틀에 따라서 이를 밋밋하게 전달하는 등 이러한 표현밖에 나타내지 못하고 있다.

그렇게 되면 불타오르는 음악의 언어가 기숙사 여학생들을 위해서 쓰인 나른한 시어(詩語)밖에 안 되는 것으로 변질된다…….

그러므로 우리는 단순히 즐거움으로 다른 사람들에게 잘 보이려고만 하는 그런 예술에 전쟁을 선포해야 한다. 그 예술은 영혼이란 없는 완벽한 레이스에 불과하다. 당신의 손가락들에게 당신의 생각을 옮기는 임무를 부여하라. 그러면 당신은 그저 실행하는 자에서 해석자로 바뀔 테니까.”

이런 말이라면 나에게 두 번씩이나 반복할 필요도 없다.

그렇다. 나약하고 병적이어야만 쇼팽을 제대로 연주할 수 있는 게 아니다. 그의 음악의 어떠한 부분을 포르티시시모(*fff*)로 표현한다고 해서 가령 국제 쇼팽 연방 경찰—그런 기관이 존재한다면—이 처벌을 하던가! 도대체 누가 브람스는 “묵직하고”장중하게 연주해야 한다고 했으며, 프로코피예프는 강철 같은 손으로 공격적으로 연주해야 한다고 했는가? 도대체 그런 법칙스러운 말들은 어떻게 해서 생겨난 것인가? 누가 베토벤 자신도 알지 못하는 베토벤의 스타일대로 연주해야 한답시고 떠들어대는가? 맨정신으로 쇼팽 자신도 모르는 “쇼팽적인” 스타일대로 연주하라고 말할 수 있는가?

해럴드 C. 쇤베르크는 그의 저서 『위대한 피아니스트들(*The Great Pianists*)』에서 한 청년 피아니스트의 일화를 소개한다. 청년이 쇼팽 앞에서 그가 작곡한 「군대 폴로네즈(Polonaise Militaire)」를 연주하던 도중에 피아노의 줄 하나가 끊어졌다. 당황한 청년이 사과하자 쇼팽은 "이보게, 젊은이. 나한테 자네 같은 체력이 있어서 이 곡을 내가 원하는 대로 연주할 수만 있다면 아마 연주가 끝날 때쯤에는 피아노 줄은 하나도 남아 있지 않을 걸세"라고 말했다.

쇼팽의 「소나타 op. 35번」 1악장 137–153 소절의 경우, 이 놀라운 악절이 가지는 전례 없는 위대함에 감히 도전할 수 있는 인간의 손이란 존재할 수 있다는 말인가? 이 대목에서는 그야말로 땅이 두 개로 갈라져버리니까. 라흐마니노프의 「협주곡 3번」의 카덴차처럼 말이다!

바로 이 라흐마니노프는 어느 날 "나는 예술가가 자신의 이미지를 지나치게 드러낼 필요가 없다고 생각한다. 그것이 무엇을 암시하는지 청중 자신이 스스로 상상하도록 해야 한다"라고 선언했으나, 결국 그도 「에튀드-타블로(Études-Tableaux)」, 그중에서도 특히 바다와 갈매기들로부터 영감을 얻은 「opus 39 n° 2」나 빨간 고깔모자 동화를 음악으로 표현한 「opus n° 6」 등의 기원에 대해서 털어놓고 만다. 빨간 고깔모자의 경우 나는 연주할 때마다 공포 때문에 머리카락이 귀신처럼 곤두선다!

「피아노 협주곡 B♭ 장조」의 마지막 악장을 왜 그토록 빨리 연주했느냐는 질문에 그날따라 유독 심장이 매우 빨리 뛰었기 때문이라고 대답한 브람스며……

사람들이 "심술궂다"고 말하는 프로코피예프는 그의 「피아노 협주곡 C 장조」의 마지막 악장에 등장하는 다정다감한 "포키시모 메노 모소(pochissimo meno mosso, 아주 약간 느리게/역주)" 부분에 가장 매혹적인 인어공주를 묘사한 듯 더할 나위 없이 유혹적인 음악을 들려주는 반면, 베토벤은 「하머클라비어 소나타」의 대대적인 푸가에서 별세계에서 온 듯한 외계적인 음악을 우리에게 안겨준다.

음악이란 무엇일까? 음악이란 영혼과 영혼의 소통이 아닌가? 내가 원하는 것, 내가 추구하는 것은 **근원적인** 상태의 음악의 근본을 되찾는 것이다. 바람의 소리는 과연 어떤 소리일까? 우리는 그 소리에 대해서 정의를 내릴 수가 있는가? 도대체 누가 "바람 소리는 이렇소"라고 그것에 대한 정의, 혹은 답을 가지고 있는가? 우리는 각자 자유롭게 그 소리를 우리 안에서 들으며 자기만의 고유한 소리의 세계를 창조해나가야 하지 않는가? 자유롭게. 그렇다, 우리는 자유롭다. 쇼팽이 제자 에밀리 폰 그레치에게 권유했던 것처럼. "당신이 피아노 연주를 하실 때 당신이 하고 싶은 모든 것을 다 하십시오. 저는 당신에게 그런 권한을 드립니다. 당신이 창조한 이상을 당신 마음 안에서 느껴보십시오. 그리고 자유롭게 따라가십시오. 아주 대담해지세요. 당신 자신의 능력과 힘을 자신 있게 믿으십시오. 그러면 당신이 표현하고자 하는 것은 언제든지 좋을 것입니다." 쇼팽의 또다른 제자인 카를 필치에게는 "우리 두 사람은 그것을 서로 다른 방식으로 이해하고 있어. 하지만 너의 마음이 가는 쪽으로 연주하렴. 네가 느끼는 대로 하려무나. 그 방향으로도 갈 수 있으니까"라고 말하기도 했다.

음악은 바람의 소리에서 처음으로 생겨났으며, 강물이 흘러가는 소리, 물고기들의 움직임이 모두 음악의 원천이다. 음악은 안양의 다리 밑에도, 어린 나의 두 눈을 휘둥그렇게 만들던 나른한 물풀들의 움직임에도 이미 있었다. 음악은 자연이다. 또한 자연의 메아리이다. 음악은 살아 있는 모든 것들이 만들어내는 불규칙적인 흐름의 완벽함을 듣게 해준다. 반복되는 프레이징으로 모래사장을 향해 밀려와서 부서지는 파도. 하지만 밀려올 때마다 각각 늘 유일하며 개별적인 파도. 잠시 멈추었다가 다시 이어지는 새의 노래. 억수처럼 쏟아지는 비와 봄날의 이슬비. 내면의 숨결에 몰아치는 열대 계절풍, 영혼의 루바토, 쿵쿵 뛰는 심장, 점점 더 빨리 뛰었다가, 겁을 먹기도 하며, 순간 평온을 되찾는 우리의 심장. 감정이 고조되면서 빨갛게 달아오르는 두 볼. 축축하게 젖은 손. 살아 있는 육체!

루바토야말로 음악을 꿈틀거리게 하고 파르르 떨게 하는 것이다. 쇼팽이 그것을 발명한 것이 아니다. 루바토는 바로 음악 그자체이니까. 루바토는 깊은 숲 속에서, 짐승들의 몸 안에서 질주한다. 루바토는 인간의 핏속에서도 펄떡거리며, 소나기가 내리기 전에 조바심치는 제비들의 깃털 속에서도 날아다닌다. 루바토는 엄청난 굉음을 내며 빙하와 함께 떨어져내리고, 꽃들의 생식기 속에서 벌들과 함께 속삭인다. 그 루바토의 목소리를 춤추게 하는 것은 각자의 몫이다.

1986년 1월 23일, 암스테르담의 콘세르트헤바우에서 한 기자가 블라디미르 호로비츠에게 사람들이 그를 최후의 낭만주의자 피아니스트로 간주하는 것에 대해서 어떻게 생각하느냐고 묻자, 호로비츠는 다음과 같이 대답했다.

"그보다 나를 나만의 고유한 개성을 가진 최후의 피아니스트라고 생각합니다. 나는 개인적이지 표준화되지 않았습니다. 나는 다른 사람들과 같지 않다는 말입니다. 나에게는 나만의 견해가 있는 반면, 오늘날의 피아니스트들은 비평가들의 의견에 자신을 맞추려고 하죠. 나의 예술적 유산은 19세기에서 전수받은 것입니다."

같은 기자가 음반 산업이 요구하는 완벽함을 강조하자 호로비츠가 보인 반응은 다음과 같았다.

"나는 나의 연주를 매끈하게 손질하지 않습니다. 그건 우리가 말을 할 때도 마찬가지입니다. 말을 더듬기도 하지 않습니까. 걸을 때는 넘어지기도 하죠. 한마디로 인간이라는 뜻이지요."

라흐마니노프, 이그나츠 프리드만, 블라디미르 호로비츠, 조지 시프라, 요제프 호프만, 알프레드 코르토, 알렉산드르 라비노비치-바라콥스키, 그리고 삼손 프랑수아의 연주는 누가 연주를 하는지 대번에 알아들을 수 있다. 그들은 그들이 연주하는 음악을 순전히 연주만 하는 수준을 벗어나 재창조를 하기 때문이다. 마리아 칼라스가 노래하기 시작하는 즉시 그녀임을 알 수 있는 것처럼 말이다. 당연히 그녀일 수밖에 없으니까. 이 모든 음악 예술가들은 나의 전폭적인 찬탄의 대상이다.

음악에는 끝이 없다. 음악은 작곡가 개인의 스타일이나 개성을 초월한다. 그리고 연주자는 연주를 통해서 자신만의 감수성과 개별성을 더함으로써 창조 작업을 이어간다. 즉 연주자는 위험을 감수해야 하는 것이다. 다시 말해서 낯선 것, 모르는 것에 대한 두려움, 일시적 불안감과 맞서야 한다. 하지만 그것이야말로 거장의 발걸음이 아니겠는가.

서대산인 성담 스승님은 실패에 대해서 이렇게 이야기를 하신다. "실패란 존재하지 않는다. 또다른 한 번의 경험을 쌓았을 뿐이고 한 번 더 반복했을 뿐이다. 그리고 오로지 반복이 부족했음을 발견한 위대한 순간이다. 언제나 다시 하면 더 나아지는 법, 포기하지 않는데 어떻게 실패가 존재한단 말인가."

정상에서의 장관을 만끽하려면 용기를 내서 위험하고 힘든 등정을 시도해야 하지 않는가……. 끝없이 다시 시작할 수 있다는 각오를 매고서 등정할 뿐이다. 이는 엄청난 노력을 요구하지만, 우리의 역량은 우리가 요구하는 만큼 따라오게 되어 있다. 끊임없이 노력한다면 우리는 한 작품에서 우리가 올라갈 수 있는 최상으로 숙련되고 숙달된 경지에 도달하게 될 것이고, 그러면 우리는 그 작품을 순전히 악보를 연주하는 실행자에서 음악을 해석하는 이로, 그리고 더 나아가 음악을 온전히 재창조하는 예술인으로 거듭나게 되는 것이다. 더 이상 컨트롤, 테크닉 등에 정신을 빼앗기지 않고 모든 것에 대한 통제력을 초월하여 작품에 몸을 맡길 준비가 되었다고 할 수 있다.

물론 몸이라는 문제가 남는다. 그런데 음악을 몸의 한계에 맞추어야 한다는 말인가? 그것은 음악을 안락함의 수준으로 비하시키는 것이 아닐까? 그렇다, 나는 가끔 연습을 너무 많이 해서 손가락이 피투성이가 되기도 하고 손가락 지문들도 갈라진다. 그렇다, 나는 피아노 페달을 하도 밟다 보니 다리에는 혹이 여러 군데 생겼고, 온몸을 다 던지다 보니 근육통에 시달릴 때도 있다. 그럼에도 나는 나의 태양을 맞이하러 간다는 기쁨에 잔뜩 부풀어 지낸다!

"몸은 마음의 도구요, 마음은 한계가 없습니다. 몸을 따르는 한계를 정하는 것은 우리의 생각이며 그때 정말 현실 속에서 우리가 직접 만들어낸 그 한계를 경험하게 됩니다. 마음이 무한하므로 우리의 능력도 무한하게 나올 수 있습니다. 그런데 그런 능력이 나오지 못하는 이유는 왜일까요? 목표만큼 능력이 나오기 때문입니다. 왜냐하면 그만큼만 노력하기 때문입니다. 그러니 몸에 대한 한계에 중심을 두지 말고 마음에 중심을 두어 목표를 크게 세워서 한계를 초월하십시오. 음악을 하시는 분들의 테크

닉 문제도 그와 마찬가지 입니다"라고 서대산인 성담 스승님은
말씀하셨다.

우리는 흔히 음악성과 테크닉, 혹은 기악인와 예술가를 구분
짓고는 하는데, 음악에 대해 제 아무리 고견을 가졌다 한들 그것
을 실행에 옮기는 도구를 완전히 마스터하지 못한다면 아무 소
용이 없다. 그러므로 음악의 고견이 높으면 높을수록 요구되는
테크닉이 더더욱 높아진다. 그러므로 함께 향상되어야 하는 것
이다. 그럴 때 음악성이 제대로, 그리고 온전하게 빛을 발할 수
있는 것이다. 예술이란 모든 위험을 감수할 만한 가치가 있다.

실제로 나는 파리 국립고등음악원에서 보낸 3년이라는 시간
동안 그 모든 위험을 감수하고자 했다. 음악원은 원래 4년 과정
이지만 나는 3년 만에 디플로마를 따기로 결정했다. 바르다 교수
님께서 내가 입학한 후 3년 뒤에 정년퇴직을 하신다는 것을 알았
기 때문이기도 했다. 결국 수석으로 졸업한 후, 헝가리 출신 작
곡가 벨라 바르토크의 명언 "경쟁은 경마에서 말들이나 하는 것
이다"에도 불구하고, 그 즉시 파리에서 열리는 플람 콩쿠르에 참
가했다. 나는 이제 돈벌이를 하며 생계를 꾸려나가야 했다. 지금
까지 든든하게 나의 공부 과정을 지원해주신 부모님에게 계속
의지할 수는 없지 않는가. 콩쿠르의 심사위원장 여사는 고맙게
도 나에게 1등 상을 수여하더니 잘츠부르크에서 몇 차례 연주할
수 있는 기회도 주선해주었다. 덕분에 나는 드디어 연주자로서
의 나의 경력이 시작되고 있다고 믿었다. 하지만 앞으로 다가올

나의 인생은 내가 생각하는 것보다 훨씬 짓궂었고, 음악과 나의 관계는 타협을 허락할 수 없을 만큼 절대적이라는 것을 나는 아직 모르고 있었다.

✻

벨기에

1

내 나이 스무 살. 내가 살아온 8년은 상당히 힘든 시간이었다. 세계 최고 수준의 교육을 받고 싶었던 나의 꿈을 이루기 위해서 일반적인 기준을 뛰어넘는 경쟁 체제를 받아들였다. 콩쿠르와 모든 시험들을 열성적으로 받아들이며 그 과정들을 정복해나갔지만, 경쟁과 평가만으로 세상과 맺는 이런 관계들은 나를 점점 지쳐가게 하고 있음을 스스로 차츰차츰 느끼고 있었다. 나의 자유로운 정신은 여기에서 더 이상 활짝 피어나 마음껏 향기를 뿜을 수 있는 공간을 찾지 못했다. 게다가 나의 주변 음악인들은 콩쿠르 참가에 모든 인생을 걸며 치열한 경쟁사회에서 허우적댔고 그런 것에 참가할 것을 종용하는 주변 사람들의 끊임없는 부추김들은 따분하게만 느껴졌다.

유명한 작곡가들의 이름을 단 이 콩쿠르들은 모두 그들의 이름을 내세워서 그들의 이름을 걸고 진행하는데 고작 몇 명에게 상을 주고 그 나머지 몇 백 명들의 마음은 무너뜨리고 상심하게 했다. 정작 그 창조자들은 이런 비즈니스에 어떻게 반응할까?

정말 그들의 이름이 경쟁을 앞세워 음악도들을 모으는 비즈니스에 쓰이는 것을 그들은 원할까? 그들의 독립적인 정신이 그것을 허락했을까? 의문이다. 나는 그런 것들로부터 멀어지고 싶었다. 하지만 벨기에 왕가에서 개설했다는, 음악에 열중하는 데에 나무랄 데 없이 훌륭한 삶의 조건을 제시하는 그 기관의 이름을 처음으로 접하자 나는 나의 인생의 마지막 시험에 도전해보기로 결심했다. 이제 겨우 스무 살밖에 안 되었지만 내 안의 무언가는 휴식을 필요로 했다. 아니, 내 안에 있는 그 무언가는 이제 보살핌을 필요로 했다.

1939년에 처음으로 문을 연 퀸 엘리자베스 뮤직채플은 벨기에에서 가장 권위 있는 음악기관으로 젊은 연주가들의 성장을 도모하는 곳이다. 오직 음악인들만을 위한 이 뮤직채플은 수상자들에게 숙식은 물론 풍요로운 자연 속에 자리잡은 유서 깊은 건축물, 개인용 그랜드 피아노, 운전기사, 요리사까지 제공했다. 말하자면 일종의 이상향이라고 할 수 있다.

이 학교는 1년에 단 한 명의 피아니스트를 선발하는데, 2007년에는 내가 그 한 명이 되었다. 덕분에 나는 나 아닌 다른 무언가에 기댈 수 있는 기회를 얻게 되었다. 내 앞에는 몇 년이라는 세월이 보장되어 있었다. 체류증은 너무도 쉽게 발급되었고 신청도 학교에서 다 알아서 처리해주며, 발급된 서류를 받으러 가는 날에는 비서가 나와 동행하여 책임자를 만나고 서류를 직접 받았다. 책임자는 친절하게도 나에게 불편한 점은 없는지를 물었다. 체류증을 받으려고 새벽에 빗속에서 벌벌 떨며 고생했던 적이 어제 같은데 말이다. 그곳에 머물 권리를 인정받기 위하여 투쟁을 해야 할 필요 따위는 없었다. 나의 체류는 정당했고, 모두가 나에게 오히려 그 사실을 인정해주는 듯했다. 새롭게 맛보는 달콤함이었다.

  아침이 되어 나의 방 창문을 열면 앞에 서 있는 아름드리나무들의 가지 사이로 팔랑팔랑 날아다니는 새들이 노래를 했다. 아침 식사는 금색 빛이 나는 큰 살롱에서 성악가들, 바이올리니스트들과 함께했다. 매 끼니는 우리를 위해서 고용된 전담 요리사가 만드는 것이었다. 식사를 마치고 나의 숙소로 돌아가면 이미 청소가 다 되어 있었고, 나는 그저 피아노 앞에 앉기만 하면 되었다. 근처의 키 큰 나무들이 내는 소리는 마음을 평화롭게 진정시켜주었고. 쥐가 출몰하고 고독이 비수처럼 나를 후벼대던 차고 아파트는 어느새 아득히 먼 곳으로 사라진 것만 같았다……. 한결 평온하고 한결 차분한 삶이 자리잡았다.

2

　정기적으로 나는 브뤼셀의 국제 개신교회에 나갔다. 그곳 주임 목사님은 한국분이셨는데 매주 자원봉사자로 통역하면서 듣는 목사님의 설교가 마음에 들었기 때문이다. 그로 인하여 젊었을 때 열성적인 기독교인이셨던 나의 엄마와 나 또한 엄마를 따라 교회에 다녔던 내 어린 시절이 다시 소록소록 생각났다. 나의 어린 시절의 일부를 다시금 발견한 셈이다.

　개신교회가 많은 한국의 밤은 교회의 십자가를 밝히는 수많은 빨간 불빛으로 반짝인다. 아버지가 지은 건물 옥상에서 엄마가 돌아오는지 살피던 저녁이면 그 불빛들은 이제 막 내리기 시작하는 어둠 속에서 불쑥 솟아올라온 수호천사들, 나의 행운의 별이 어두운 밤을 밝히는 불빛으로 나타난 것 같았다.

　어린 시절에 나는 오랫동안 개신교 교회에서 운영하는 주일학교에 다녔다. 하지만 그곳에서 다른 종교들을 비판하고 질책하는 행동에 항상 마음이 불편했다. 불교 신자는 사탄을 섬기는 사람이라고들 여겼으니까! 지금 생각해보면 정말 재미있는 일이다. 우리 한국 역사에서 근 2,000년이 되는 역사를 가졌고 조국의 뿌리라고 할 수 있는 불교는 갑자기 사탄이 되어버리고 우리는 유럽 문화의 뿌리인 기독교, 하지만 실제로 한국에 들어온 지 100년이 조금 넘은 기독교를 숭배하고 있는 것이다. 1990년대 무렵 한국 사람들은 불교에 대해서 노골적으로 적대적인 태도를 보인 바가 있다. 기독교를 믿는 것은 좋지만 왜 불교 신자들을 따돌리는 것일까? 더군다나 현실적으로 냉철하게 보았을 때 인류 역사상 가장 사람을 많이 죽인 종교는 기독교이다.

게다가 각 가정에서 낸 헌금이 교회 벽에 공개되는 것도 참 이상했다. 월수입의 10분의 1에 해당하는 십일조 헌금을 이렇게 공개하는 것은 결국 각자의 생활수준을 그대로 드러내는 것이므로, 아버지 말씀대로 일종의 말없는 경쟁을 부추기는 것이었다. 교리는 지켜질지 모르나 마음은 닫혀버리는 것이 아닐까. 어린 나이에 나는 벌써 그렇게 느끼고 있었다.

엄마는 굉장한 끈기와 열성으로 "최신 유행" 종교 개신교 교회에 나가셨다. 아버지도 개신교로 개종하여 열심히 엄마를 따라 교회에 나가셨다. 교회 신도들은 여럿이 무리지어 자주 집에 찾아왔다. 그런 날이면 엄마는 새벽부터 일어나 혼자서 몇 상이나 되는 잔칫상에 올릴 식사를 준비했다. 엄마는 저녁 기도회에도 나갔는데, 어느 날인가 엄마도 모르게 눈앞에 환상이 보이며 "방언"을 하셨다. 그날로 엄마는 너무도 놀란 나머지 잠시 교회와 거리를 두시고 그후 몇 주일 동안은 일요일에도 교회에 나가지 않으셨다. 하루는 아침에 신도들이 우리 집에 와서 엄마를 둘러싸더니 엄마를 위해서 기도했다. "길 잃은 어린 양"을 되돌아오게 해달라고 기도하며 안에 들어온 "악마를 내쫓기" 위해서라는 것이었다. 그 사람들이 어찌나 열성적으로 매일 아침마다 찾아오는지 엄마는 오히려 악마를 쫓는 사람들이 히스테리 발작을 부리는 이런 코믹한 상황에서 벗어나기 위하여 며칠 동안 집을 비우기까지 했다.

그 일이 있은 후 부모님은 다른 교회들을 전전하시다가 결국 원래 집안 대대로 내려오는 불교로 회귀하셨다. 엄마는 불교 공부를 하시지 불교를 믿는다는 단어를 쓰시지 않는다. 이제 더 이상 한 종교에 치우치지 않으시고 영성을 추구하실 뿐이다.

어쨌든 브뤼셀 국제 개신교회에 나가는 것은 나에게 어떤 의미에서 나의 어린 시절을 찾아가는 여정과도 같았다. 더구나 나는 기독교인들의 태도나 그들이 성경을 해석하는 방식에는 공감하지 않았지만 말씀의 권능이 내 앞에 점진적으로 모습을 드러내는 성경 자체를 무척 좋아한다.

어떤 의미에서 보면, 나는 벌써 오래 전부터 예수 그리스도는 기독교인도 개신교도도 아니며, 싯다르타는 불교인이 아니었고 예언자 무함마드도 마찬가지로 무슬림이 아니었다는 점을 알고 있었다. 그후 인간들이 그분들의 이름을 걸고 종교를 만들었을 뿐이라는 것을. 음악에서도 마찬가지이지만 가두어두기보다는 열어주어야 하는 것이다. 좁은 의미에서의 교리와 원칙에서 탈

피하여 넓은 곳으로, 음표들이 사랑과 자비심을 전파하는 넓은 곳으로 나아가야 한다. 예수님과 싯다르타가 지극히 소박하면서도 쉽게 어린이들도 이해할 수 있는 언어로 감동을 선사하며 가르치셨듯이.

서대산인 성담 스승님은 통쾌하게 그 자리에서 일깨우쳐주셨다.

"앞산에 있는 소나무가 기독교입니까, 불교입니까?"

정치, 문화, 언어, 나라, 종교, 이 모든 것들은 끊임없이 우리를 계속해서 분리시키며 한 지구에 다 함께 살고 있는 우리들이 다르다고 계속 이 점을 각인시킨다. 이 지구는 모두의 것인 데도 말이다. 이 지구에는 인디언들, 아프리카 종족, 유럽인, 동양인 등 수없이 많은 인구가 함께 살아가는 데에도 말이다. 이 지구가 우리 종족만의 것이라고, 우리가 옳다고 우기는 그런 원시인적인 행동을 관찰해보라. 그것도 인터넷이 발달하고 지구 반대편도 몇 시간 만에 날아다니는 이런 시대, 즉 2016년도에 살고 있으면서도 말이다.

내가 음악을 그토록 좋아하는 이유는 음악은 우리의 마음과 정신을 모든 검열로부터 해방시켜주는 완벽한 영적수행이며, 따라서 더할 나위 없이 훌륭한 정진이고, 승화할 수 있는 가능성을 열어주기 때문이다.

3

부처님 눈에는 부처님만 보이고 도둑 눈에는 도둑만 보인다는 말이 있다. 2007년 7월의 어느 일요일, 나는 음악을 하는 친구들과 같이 열차로 이동 중이었다. 우리는 브뤼셀에서 제일 많은 승객들이 이용하는 엘리자베스 라인의 루이즈 역에서 열차를 바꾸어 탈 참이었다. 온몸을 부드럽게 감싸는 공기에서마저 온갖 향기로운 내음이 느껴지는 여름날의 일요일이었다. 나의 새로운 삶에서 맞이하는 새로운 일요일.

플랫폼 오른쪽에 서 있는 실루엣이 나의 눈길을 끌었다. 말라 보이는 체구에 낡은 검정색 외투를 걸치고 알록달록한 색상의 잉크 자국으로 뒤덮인 천가방을 둘러맨 그 남자. 남자는 한여름임에도 추위를 타는 사람처럼 털모자를 푹 눌러쓰고 있었다. 그는 어떤 중요한 기도라도 하는 것처럼 고개를 푹 숙여 눈을 감고 입을 움직이고 있었다. 그의 얼굴을 똑똑히 볼 수는 없었지만 꼭 하늘에서 내려온 거지랄까, 허름한 겉모습에도 불구하고 그에게서는 아주 강렬한 빛이 뿜어져나왔다. 내가 그를 바라보고 있는 이곳까지 그 사람의 광대한 내면이 전해졌다. 아무도 모르게 세상을 주유하는 요기(Yogi, 힌두교의 종교적, 영적 수행 방법 가운데 하나인 요가 수행을 하는 사람을 가리킨다/역주) 같다고 할까. 평범한 인간들의 "고만고만한 공통의 관심사"에서 저만치 비껴서 살고 있는 자유로운 존재라고 할까.

좀더 가까이 다가가 관찰해보았다. 그의 얼굴이 이상하게도 낯설지 않았다. 그 순간, 모든 것이 확실해졌다. 맞아, 그분이야. 이제 알겠어. 위대한 마에스트로 알렉산드르 라비노비치-바라콥스키. 천재 음악가, 비범한 피아니스트, 지휘자, 작곡가! 지휘봉을 잡았을 때나, 펜을 잡았을 때나, 피아노를 칠 때나 단 한 마디만에 그가 연주하고 있음을 단박에 확실히 알아챌 수 있는 개성의 소유자, 그 유일한 음악인, 라비노비치-바라콥스키! 그의 음악을 들으며 나는 그의 목마름 속에서 항상 나 자신의 목마름을 확인하고는 했다. 그분이 아닐 수가 없었다. 하지만 나의 친구들은 나의 말을 믿으려고 하지 않았다.

"말도 안 돼! 저 사람은 그냥 노숙자야, 라비노비치는 개인 비행기나 타고 다니겠지, 이런 열차를 그런 마에스트로가 왜 타겠니!"

온몸이 떨렸다. 가서 인사를 하고 싶었지만 이제껏 한 번도 길에서 누군가에게 다가가 괜히 말을 붙여본 적이 없는 나였다. 마에스트로에게 혹시라도 방해가 될까봐 그냥 가려는 나에게 내 안의 무언가가 바로 지금이라고 속삭였다. 지금이 아니면 영원히 기회는 없어. 나는 조금 더 다가가 그에게 물었다.

"마에스트로 라비노비치-바라콥스키 맞으시죠?"

그가 나를 쳐다보는가 싶더니 웃었다. 정체가 탄로 난 것이 쑥스러운지 수줍어했다. 큰 인물들에게서 묻어나오는 특유의 겸손함과 부드러움을 드러내는 웃음. 열차가 도착했다. 나는 그에게 내가 그를 얼마나 존경하는지 고백했다. 시간은 재빠르게 지나갔다. 열차에 올라 시간이 얼마 없음을 잘 아는 나는 있는 용기란 용기는 모두 그러모아서 감히 물었다. "혹시 제 연주 녹음을 보내도 될까요?" 그가 "좋다"고 대답하며 주소를 적어주었다. 나는 그 종이를 접어서 주머니에 넣고는 서둘러 열차에서 내렸다. 정말 그분일까? 진짜로 그분이 맞을까? 갑자기 의아함이 나를 휩쓸었다. 교회에 도착해서도 확신이 서지 않은 나는 교회 일을 도와드리고 얼른 집으로 돌아와 재빠르게 녹음을 준비했다.

파리 국립고등음악원 수석 졸업 연주 때 연주했던 쇼팽의 프렐류드 스물네 곡, 바르토크의 즉흥곡 여덟 곡, 라벨의 「라 발스」, 바흐의 프렐류드와 푸가 한 곡, 리스트의 「캄파넬라(La Campanella)」와 소나타—열다섯 살에 녹음한 그 소나타!—를 모두 봉투에 넣어 보냈다.

며칠 후 나는 마에스트로가 보낸 소포를 받았다. 안에는 그가 작곡한 곡들과 내가 보낸 녹음에 대해서 한 악절 한 악절 꼼꼼하게 분석하여 기록한 거대한 작곡가용 악보 용지 여러 장이 들어 있었다. 도저히 믿기지 않았다.

"쇼팽의 「프렐류드 6번 B단조」에서 당신은 멋진 멜로디와 쭉 이어지는 8분 음표들 간에 폴리포니(polyphony, 다성음악)를 만들어내더군요. 일종의 둘이 부르는 탄식이라고 할 만해요. 굉장히 섬세합니다. 당신의 프렐류드 연주에서는 영감과 영혼의 울림이 느껴집니다. 당신은 당신 안에 너무나 풍부한 정신과 직관을 가지고 있습니다. 연주하는 음악 전체에 당신의 영혼이 강렬하게 자리잡고 있습니다. 나는 할 말을 잃었습니다. 당신의 독립적인 정신과 유일무이한 독자성을 길이 간직하십시오."

"불과 광기로 가득 찬 놀라운 소나타! 리스트가 직접 들었다면 당신의 직관이 가진 예리함에 매료당했을 겁니다. 파리스도 기꺼이 그의 사과를 주었을 테고요." 그러면서 그는 내가 "음악적 에너지"를 계속 보존하고 유지하기 위해서 필요한 나의 고집이 얼마나 강한지에 대해서 의문을 던졌다. 어떤 아이디어를 내는 것과 실제로 비난과 찬사를 초월하여 시간이 지나도록 예술가로서의 개성을 오롯이 간직하는 것은 전혀 다른 일이라는 것이었다.

그의 편지는 내 안에서 흘러내리는 기쁨의 폭포수였다. 얼마나 근사한가. 내가 인정하는 사람에게 인정을 받는다는 것이. 게다가 소포 안에는 『티베트 사자의 서』에서 영감을 얻어 그가 창작한 교향곡 「여섯 단계의 상태(Six états intermédiaires)」도 들어 있었다. 『티베트 사자의 서』는 차고 아파트에서 살 때 나와 함께

했던 책으로, 그 책이 너무 좋은 나머지 나는 주변 사람들에게 선물했으나 아무도 나의 열정에 상응하는 반응을 보이지 않았던 책이다. 그런데 마에스트로는 그 책을 읽었을 뿐만 아니라 책에 나오는 여섯 바르도(Bardo),* 즉 사후세계의 육도를 표현하는 여섯 악장짜리 교향곡을 지었다니!

교향곡 뒤에 함께 수록된 그의 「티베트 기도(Prière tibétaine)」는 하늘에서 직접 내려온 곡 같았다! 그 안에는 세상에 존재하는 음악의 모든 음조가 다 담겨 있어서, 윤회의 바퀴처럼 우리에게 대비심(大悲心)의 천 가지 얼굴을 엿보게 하는 듯했다. 나는 그런 곡은 지금껏 들어본 적이 없었다! 바흐가 「요한 수난곡(Johannes Passion)」과 「마태 수난곡(Matthäus Passion)」으로 기독교를 표현했다면, 라비노비치-바라콥스키의 작품은 불교의 정수를 표현했다고 할 수 있었다. 그 작품에서 그가 얼마나 명민하게 숫자의 상징체계를 차용하고 있는지, 그 숫자를 마디로 적용하여 고양상태를 창조하며 깨달음으로 이끌었다. 줄기차게 반복되는 만트라가 그렇듯이 말이다. 옴마니반메훔(Om Mani Padme Hum, 전 세계에서 공동으로 쓰이는 대 자비심을 표현하는 만트라). 동시에 나는 시간을 초월하는, 시대와 유행을 넘어서는 자신의 독

---

* 불교에서는 인간이 죽은 뒤 새로운 세계에 다시 태어날 때까지의 기간을 바르도(중유)라고 한다. 가령 나쁜 짓을 한 인간이 지옥에 떨어지는 것은 죽은 후 지옥이라는 새 세상에서 태어나는 것으로, 죽음 이후 지옥에서 태어날 때까지의 기간이 바르도가 된다. 주로 티베트 불교에서는 이 바르도 기간을 어떻게 보내느냐에 따라서 해탈 여부가 결정된다고 본다/역주

자성을 지키는 그의 용기와 힘을 인정하지 않을 수 없었다. 1970 년대 음악계 풍토 속에서 그는 어떻게 감히 이런 곡들, 당시의 흐름과는 너무도 다른 작품들을 제시할 수 있었을까?

하긴, 베토벤도 이런 일들을 경험하지 않았던가? 「교향곡 1번」 도입부에 등장하는 매우 혁신적인 화음들이 엄청난 스캔들을 몰고 왔음에도 불구하고 그는 똑같은 화음들을 그 직후에 쓴 발레곡 「프로메테우스의 피조물(Die Geschöpfe des Prometheus)」에서도 다시 사용했으며, 이로써 그 자신이 가지고 있는 프로메테우스적인 비전과 아울러 그의 정신적인 독립성을 재확인시켜줄 수 있었다. 베토벤은 그의 악보를 출판하던 출판업자 호프마이스터가 세간의 비난 때문에 불평하자 다음과 같은 내용의 편지를 보냈다. "그 사람들 멋대로 떠들게 내버려두십시오. 그렇게 떠들어봐야 누구 하나를 불멸의 존재로 만들지도 못하거니와, 그 어느 누구에게서도 오직 아폴론만이 허락하는 불멸성을 빼앗지 못할 테니까요."

요컨대 나는 내가 훗날 베토벤에게서 너무도 좋아하게 되는 정신적인 독립성, 나에게는 너무도 희귀하고 심오한 은총이라고 여겨지는 자유를 라비노비치-바라콥스키에게서도 발견한 것이다. 이때 말하는 자유는 영성과 하나 된 음악이라는 모습으로 나타난 자유이다. 그를 알게 된 후 나는 그에게 "천상의 마에스트로"라는 별명을 붙였다. 천상의 마에스트로와의 만남은 어떤 한 개인과의 만남 또는 한 작품과의 만남이 아니라 일체성의 가능성을 보여주는 만남이었다. 음악과 영성이 하나가 될 수 있음을 보여주는 명백한 증거였다. 그리고 그러기 위해서는 마음에 귀를 기울여야 하며 자신이 가진 가장 소중한 것에 충실해야 함을 증명해주는 것이었다.

마에스트로의 편지를 받고 더더욱 강해진 나는 그 즉시 새로운 열성으로 연습에 들어갔다. 퀸 엘리자베스 뮤직채플에서 전개되는 나의 삶은 이전과는 완전히 다른 모습이었다. 늘 나를 따라다니던 두려움과 불안을 잊어버리고 처음으로 나는 경계심을 내려놓았다. 음악은 아주 까다롭고 절대적인 예술이며, 영감이란 오직 자신의 모든 것을 전적으로 투자하는 자에게만 허용된다는 그 엄중한 진실을 잠시 제쳐두었다. 일종의 편안함이랄까, 하여간 물질적으로나 음악적으로나 어느 정도의 안락함을 즐기면서 그냥 사람들이 나에게 하라고 하는 것을 열심히 했다. 독자성, 그리고 나 자신이 그토록 악착같이 지켜왔던 정신의 독립을 손에 넣기는 어렵지만 잃어버리는 것은 순식간이라는 사실을 아직 난 모르고 있었던 것이다.

4

    퀸 엘리자베스 뮤직채플에 들어온 지 두 달 만에 나는 첫 리사
이틀을 하게 되었고, 자랑스럽게 리스트의 소나타를 연주 프로
그램에 넣고 마에스트로 라비노비치-바라콥스키를 초대했다. 그
날 내가 청중들에게 들려준 것은 열다섯 살 소녀의 열정이 아니
라 성숙해져가고 있는 성인의 열정이었다. 나 스스로는 한결 차
분해지고 평온해졌다고 자평했지만, 궁극적으로는 처음으로 스
스로의 검열을 거친 후 보여준 열정이었던 셈이다. 예전에는 악
마적인 메피스토펠레스의 마그마 같은 등장을 피아노로 표현하
며 희열을 느꼈다면 이제는 "박자에 맞추어서", "리듬을 세어가
면서" 연주했다. 물론 흠 잡힐 데 없이 치기는 했으나 나만의 내
면의 빛과는 아무 상관이 없는 연주였다.

    리사이틀 이틀 후, 단두대의 칼날이 떨어졌다. 마에스트로의
가차 없는 반응은 내 안에서 사형선고처럼 메아리쳤다.

    "당신의 연주에는 기름이 잔뜩 꼈더군요. 열다섯 살 때의 그
리스트의 소나타는 어디로 갔죠? 당신은 더는 피아노 레슨을 받

아서는 안 됩니다. 당신에게는 선생님 따위가 필요하지 않아요. 혼자 힘으로 찾아내야 합니다. 차이콥스키 음악원의 위대한 교육자인 노이하우스는 이렇게 말하고는 했습니다. '벌써 알고 있는 자에게 가르치려 드는 것은 그 사람에게 해를 입힐 뿐'이라고요.”

그렇다. 진정한 스승이란 자신에게 요구하는 것을 제자에게도 요구하는 자, 스승 없이 혼자 힘으로 길을 찾아나설 것을 종용하는 자가 아니겠는가? 한 작품의 진가란 결국 그것을 창조한 자의 희생이 아니겠는가? 내가 한 맹세의 가치는 내 인생의 가치를 보여준다. 나는 음악을 위해서 무엇을 희생할 각오가 되어 있는가? 내 존재의 의미는 무엇인가? 내가 추구하는 것이 곧 나의 존재의 의미인가? 내가 추구하는 것은 나머지 모든 것보다 우선하는가? 나는 그것을 위해서, 내 안에 있는 나보다 더 큰 것, 나를 부르는 그것을 위해서 나의 물질적, 심리적, 정서적 안락을 희생할 수 있는가? 이는 반드시 제기해야 할 문제들이었다. 지금은 결정적인 시점이며, 그 점을 인정하지 않을 수 없었다. 다른 어느 때보다도 나는 우리의 선택은 곧 우리의 가치를 보여준다는 것을 훨씬 뼈저리게 깨달았다. 그 선택들을 통해서 우리 삶의 지도가 그려지게 되고 저 높은 곳으로 가는 길이 새겨지게 된다.

내 나이 이제 스물한 살. 나는 선택의 기로에 섰다. 퀸 엘리자베스 뮤직채플에서 편안히 일주일에 한 번씩 레슨받으며 이 무대, 저 오케스트라와 연주해달라는 요청을 따르면서 사는 새로얻게 된 안락한 삶. 아니면 음악의 이름으로 영위하게 될 “진정으로 살아 숨 쉬는 삶", 직접 맞서고 스스로 찾아나가야 하는 삶, 그러나 어떤 종류의 안전도 보장되지 않는 삶. 나 자신이 너무도 잘 아는 독립적인 삶. 폭풍의 역경이 몰아치고 가뭄이 와도 감수해야 하고 극복해야 하는 삶. 내가 열두 살 때부터 휴식도 안정도 없이 살아온 삶. 그리고 그 삶은 또다시 나를 요구하고 부르고 있었다. 음악을 위하여. 나는 어느 누구도 아닌 음악에 몸을 맡긴 사람이니까. 내가 외로울 때 나를 지켜주고 살펴준 것이 음악이기 때문에. 음악이 내가 넘어졌을 때 일으켜주었으니까. 내가 추위에 떨 때 음악이 나를 품에 안아주었으니까. 두려움에 떨 때도. 음악이 나의 손을 잡고 나를 기다려주는 사람이라고는 한 명도 없는 곳으로, 프랑스로, 벨기에로, 유럽으로 나를 이끌어주었고 나의 꿈을 이루어주었으니까. 음악이 나의 엄마가 되었으니까. 지금의 내가 되기까지 나는 음악에게 빚을 졌다. 존재할 수 있는 이 영광을 삶이 우리에게 준 것을 알고 최선을 다해 살면서 그 은혜에 보답을 해야 하듯이, 나는 음악에 보답해야 했다. 더 이상 피아노를 통해서 엄마를 구할 것이 아니라 음악 그 자체에, 그 음악에게 나 자신을 송두리째 바칠 것이다. 결심이 섰다. 이곳을 떠나리라.

나의 선택에는 나보다 앞서 같은 선택을 한 선배들에 대한 변함없는 존경이 담겨 있다. 작곡가와 피아니스트, 시인과 화가, 문필가, 그리고 보다 원대한 뜻을 품은 "네"에 이끌려 어느 순간 "아니오"라고 분연히 말한 모든 무명 인사들에 대한 존경 말이다. 궁궐을 떠난 싯다르타, 인간의 심판을 받은 예수님을 비롯하여 자기 안에서 결단을 내리고 다른 곳, 가장 먼 곳, 내면에 자리 잡은 거대한 산, 미지의 정상을 향해서 나아가기로 엄격히 결정한 자들에 대한 충절.

거기에는 놀랍고도 비밀스러운 추구가 있으며 절대적으로 추구할 때만 느낄 수 있는 타들어가는 목마름, 희열이 느껴지는 그 목마름이 깃들어 있다.

라비노비치-바라콥스키도 그와 동일한 선택을 했고, 그는 여전히 건재하다. 미디어들이 강요하는 것들에 지배당하는 이 사회 안에서 진정한 존재성에 대해서는 생각할 여지도 가지지 못하고, 모두들 앞다투어 살아남기 위하여 그저 남에게 잘 보이기만을 추구하는 이 시대에, 마에스트로와의 만남은 그분을 통하여 그런 일반적인 삶을 초월하여 자기만의 독창적인 세계를 추구하고 꿈을 마음껏 펼칠 수 있다는 것을 확신하게 해주었다. 그래서 나는 문득 그와 같은 시대에 살 수 있음에 대한 무한한 고마움이 든다. 그렇다, 나의 목마름은 마침내 그의 목마름 속에서 메아리를 찾은 것이다.

나의 선택에 대해서 이러쿵저러쿵하는 반응과 몰이해가 뒤따르리라는 것쯤은 쉽게 예상할 수 있었다. 그리고 그 예상은 현실로 나타났다. 내 주변 사람들은 압도적으로 불안감을 표현했다. 나의 장래와 앞으로 내가 어떤 식으로 생활비를 벌 수 있을지를 걱정했다. 천상의 마에스트로만이 유일하게 나를 지지했다.

5

성탄절 휴가와 동시에 나는 퀸 엘리자베스 뮤직채플을 떠나 브뤼셀에 원룸을 얻었다. 피아니스트 친구들에게 전화를 돌렸다. 나에게는 돈이 필요했다. 1년 동안 피아노 강사직을 떠나게 된 한 친구가 자기 대신 일할 것을 제안했다. 덕분에 나는 파리와 브뤼셀을 오가며 피아노 교습을 하면서 근근이 살아갈 수 있었다. 수입은 보잘것없지만 나에게는 그다지 많은 것들이 필요하지 않았다.

이제 또 하나의 새로운 모험이 시작되었다. 무한한 음악의 사랑 안에서 떠나는 미지의 모험. 천상의 마에스트로에게서 나는 베푼다는 것은 아주 자연스러운 것임을 배웠다. 베푼다는 것은 말하자면 해야 되는 것도 아니고 잘하는 것도 아니고 그냥 자연스럽고 당연하다는 것이다. 그분의 엄격한 요구는 베풂과 다르지 않았다.

"당신은 손가락들과 영혼 속에 베토벤, 바흐, 쇼팽, 브람스, 프로코피예프, 라흐마니노프, 스크랴빈, 라벨, 드뷔시, 모차르트의 걸작들을 모두 새겨놓아야 합니다. 그들이 유명한 작곡가들이기 때문이 아니라 그들이야말로 음악이 무엇인지 정의를 내린 사람들이라는 아주 단순한 이유 때문이죠. 피아노 독주회는 사실 제일 어려운 형태일 수밖에 없는데, 왜냐하면 피아노 앞에서 당신은 그 누구도 없이 철저하게 혼자이기 때문이죠. 당신은 작품들이 가진 음악적 메시지를 전달해야 하는 임무를 짊어진 채 혼자이므로 책임 또한 오롯이 당신의 몫이죠. 이를테면 청중들 앞에서 벌거벗는 것과 다르지 않습니다. 독주회에서 당신이 피아노와 단둘이 마주하게 되면 아주 작은 떨림, 아주 작은 숨소리도 다 들립니다. 그러므로 당신 자신에게 아주 엄격해져야 합니다.

언제나 똑같은 레퍼토리 혹은 똑같은 작곡가들만 연주하려는 함정에 빠지지 마십시오. 더러는 그처럼 쉬운 길을 택해서 끊임없이 똑같은 곡들을 10년, 20년, 30년, 혹은 40년씩이나 계속 반복하기도 하죠. 자신들의 기질이 특정한 일부 작곡가들과 가깝다는 이유로 말이죠. 언제나 다른 것들에 갈증을 가지십시오. 당신은 해낼 수 있습니다."

이런 관점에서 마에스트로 라비노비치는 『금강경(金剛經)』에서 제일 아름다운 두 대목을 구현하셨다.

"부처가 수보리에게 설명하셨다. 보살마하살은 그러므로 이렇게 마음을 지배할 수 있어야 한다. 아주 작은 미물이라도, 그것이 알에서 태어났건 자궁에서 태어났건, 물에서 만들어졌건 변이에 의해서 생겨났건, 모양이 있건 없건, 생각이 있건 없건, 의식을 가졌건 못 가졌건, 나는 그것들 모두가 해탈하여 열반에 들어갈 수 있도록 도울 것이다. 이렇듯 생명을 가진 모든 중생들을 한량없이, 그 수를 헤아리지도 않고, 끝도 없이 해탈시켜주어도 실제로는 이와 같은 해탈에 이르는 중생들이 없다. 그게 무슨 말이겠느냐? 수보리야, 어떤 보살이 자신의 상(相), 그러니까 인간의 상이건 어떤 존재 혹은 어떤 영혼의 상을 가지고 있다면 그는 보살이 아니다. 도를 따르는 보살이라면 베푼다는 생각에 빠져들어서는 안 될 것이다. 즉 베푼다는 모양새를 취하지 않을 것이라는 말이다. 소리나 향기, 취향, 감각 같은 경험 또는 베푼다는 개념, 그 어느 것에도 머물지 말아야 할 것이다. 수보리야, 보살이란 그러므로 그 같은 상을 간직하지 않으면서 베풀어야 할 것이다. 왜냐? 만일 보살이 베푼다는 상을 가지지 아니하면, 그의 진정한 덕은 무한해질 것이다."

엄마가 이전에 나를 지지해주신 것처럼 이렇게 나를 격려하시고 나에게 신뢰를 보여주시는 마에스트로에게 백배로 다시 신뢰를 되돌려 드리고 싶었다. 그것이 내가 영광을 돌려드리는 방식이었다. 그래서 더더욱 정진하여 감사드리고 싶었다.

그래, 진정한 피아니스트는 가장 뛰어나고 가장 난해한 작품들까지도 자유자재로 마스터할 뿐만 아니라 꿈과 시, 색채를 곁들여가며 연주한다. 나는 서른 살이 되기 전에 가장 기본이 되는 작곡가들의 가장 중요한 모든 레퍼토리를 완성하고 싶었다. 이 목표 완성 과정에 나는 돌입했고, 천상의 마에스트로가 벨기에의 겐트에서 진행하는 로드 폼프 페스티벌에서 독주회에 나를 초대하셨을 때 나는 그 초대를 받아들였다. 쇼팽 연습곡 전곡, 라흐마니노프의 회화적 연습곡 전곡을 단 한 번의 독주회에서 모두 연주하는 프로그램. 그것을 소화한다는 것은 불가능한 꿈이었으나 그분은 내게 그것을 해낼 수 있는 역량이 있다고 믿으셨다. 권위 있는 페스티벌인 만큼, 나는 스승에게 경의를 표하고 싶었다.

쉬지 않고 연습하며 나는 총 39곡에서 두드러지는 피아노 예술이 가지고 있는 깊은 섬세함의 색깔들, 그리고 그것을 표현하는 터치를 배워나갔다. 더 이상 진실되게 진정한 나를 표현하는 것을 두려워하지 않고, 검열하지 않는 것을 배웠다. 비난받고 상처받는 위험을 감수하는 법도 배우며 자아를 소멸시키는 것에 차츰 익숙해져갔다. 이제는 더 이상 안락이나 축하를 갈구하지 않으며 진실과 사랑만을 추구한다.

이 독주회는 나에게 그 무엇보다 엄격한 시험이었다. 나는 나와 늘 함께한 열정으로 이 시험의 불구덩이 속에 뛰어들었다. 그리고 그 불구덩이를 통해서 이제까지와는 다른 세계로 진입했다.

천상의 마에스트로는 독주회 실황을 녹화하여 인터넷에 올리라는 조언을 해주었다.

"레코드 회사들은 머지않아 모두 사라질 겁니다. 당신의 음악을 이 세상에 알려야 합니다. 당신은 더 이상 숨어 지내서는 안 됩니다. 세상에 당신이 드러나야 합니다."

나는 녹화 담당 학생을 고용했고, 그가 연주회의 녹화와 녹화 영상 편집을 도맡았다. 이 모든 과정을 밟는 동안 나는 내내 천상의 마에스트로가 소개해준 매니저 리처드 베히 씨의 든든한 도움을 받았다. 인성이 훌륭하시고 우아하신, 그야말로 젠틀맨이신 분. 바젤의 슈타트 카지노에서 연주한 39곡의 라흐마니노프와 쇼팽 연주를 들은 그는 나의 음악 사회의 조언자가 되어주시겠다고 수락하셨다. 그는 예술가들이 지금의 클래식 음악 산업 속에서 "제품"이 되어버리기 이전 시대의 매니저들처럼 진정 예술을 사랑하고 예술인들을 존중하는 마음으로 너무나도 우아하게 나를 이끌어주셨다.

나는 아무것도 기대하지 않았는데 처음으로 깜짝 놀랄 선물을 받게 되었다. 인터넷에 올라간 나의 동영상들이 많은 네티즌들의 관심을 모아 결국 수많은 분들이 나에게 편지를 보내오고 연주 제작자들의 연주회를 열자는 요청도 쇄도한 것이다. 영국 출신의 뛰어난 매니저 재스퍼 패로트가 나를 런던으로 초청해서 전속계약을 맺었다. 도무지 믿기 어려운 일들이 계속 일어났다.

청소년 시절 내내 남다르게 표현된 나의 독자성, 음악에 대한 까다로움과 격렬함, 그 때문에 때로는 배척당하고 공격당하며 비판받아야 했던, 그 기질이 나만의 재능으로 인정받는 것이다. "예술은 사랑이다, 예술은 사랑이다, 예술은 사랑이다……." 나는 이 문장을 세상 사람 모두와 공유하기 위하여 만트라처럼 거듭 되뇌인다. 다시 한번 나는 나의 선택이 옳았음을 확인했다.

나의 본능을, 나의 기질을 따르리라, 그래서 아주 멀리 가리라. 그후 네티즌들이 나에게 보여준 지지는 지금까지도 여전히 놀라움과 기쁨으로 남아 있다. 이 모든 사람들이 라흐마니노프, 쇼팽, 베토벤을 발견하다니 이 얼마나 멋진 일인가. 그들은 나에게 보이지 않는 사랑과도 같으며, 끊임없는 영감의 원천이다.

라흐마니노프는 "한 작곡가의 음악에는 그가 태어난 나라, 그의 사랑, 그의 종교, 그에게 영향을 끼친 책들, 그가 좋아한 그림들이 표현되어야 한다. 나는 내 안에서 들리는 음악을 쓴다. 최대한 자연스럽게"라고 말했다. 나도 내 귀에 들리는 음악을 연주할 것이다. 나는 마에스트로에게 감사를 표시하며 나의 한계를 계속해서 뛰어넘고 싶다. 미치도록 기쁘게 나 자신이고 싶다.

나는 드뷔시의 프렐류드와 바흐의 「평균율 클라비어 곡집(Das wohltemperierte Klavier)」을 구성하는 24개 프렐류드와 24개 푸가, 쇼팽 작품 전곡, 라흐마니노프 피아노 협주곡 전곡, 브람스의 작품, 그외 20여 개의 협주곡 공부를 시작했다. 연주회 제안이 들어올 때마다 나는 새 곡으로 프로그램을 짰으며, 피아노 레퍼토리에 중요한 모든 작품들을 정복하려는 목적에서 독주회의 횟수를 늘였다. 그건 내가 나 스스로에게 부과하는 도전이었다. 이처럼 강도 높은 수련 기간 동안 나는 사람들로부터 멀리 떨어진 채 연주회를 위해서, 혹은 특별한 미팅을 위해서만 여행에 나설 뿐 거의 은둔 생활을 했다.

특히 나는 베토벤에게, 그리고 그의 음악에 특별한 이유도 없이 점점 광적으로 빠져들면서, 결국 베토벤이 작곡한 서른 개의 소나타를 8일 동안 여덟 번의 독주회를 통해서 청중들에게 소개하겠다는 새로운 모험에 돌입하게 되었다. 이 시간 이후 나의 관심사는 베토벤이었다.

지금까지 나에게 베토벤은 언제나 고전적인 작곡가, 학교에서 강제로 부과하는 과제와 같은 작곡가였다. 그런데 그에게 한 가지 매우 특이한 점이 있었다. 다름이 아니라 강렬해 보이는 그의 얼굴이 끊임없이 나에게 나의 아버지의 이미지를 상기시킨다는 점이었다. 알 수 없고 예측하기 어려우며 격렬한 분노와 격정의 표출로 그 누구에게도 길들여질 수 없었던 베토벤은 아버지가 나를 겁먹게 한 것만큼이나 나를 두려움에 빠트렸다. 그러므로 베토벤을 만난다는 것은 어쩌면 나의 아버지를 만나는 여정일지도 몰랐다. 아무튼 내 인생에서 가장 열정적이고 거대한 이 모험 속으로 뛰어들겠다고 결정할 무렵 나는 미처 그 점을 알지 못했다.

우선 작곡가와 평생에 걸쳐 동료 작곡가이건 아니건 동시대인들과 주고받은 수천 통의 서신들이 있었다. 나는 그 편지들을 끝없이 탐구했다. 그런 다음 브리지트와 장 마생, 메이너드 솔로몬, 페르디난트 리스, 베토벤의 어린 시절 친구 프란츠 게르하르트 베겔러, 로맹 롤랑 등이 쓴 상세한 베토벤 전기들과 카를 체르니의 증언, 심지어 작곡가의 이웃이었던 여자의 증언, 그의 일기장까지 섭렵했다. 나는 닥치는 대로 다 읽고 연구해나갔다. 풀리지 않는 수수께끼를 파고드는 탐정처럼 집요하게 주변 자료들을 삼키듯이 읽어나갔다. 음악이 신비로움 속에서 드러내는 수수께끼 안의 대장정에 동행하는 순례자들처럼 문학은 그 탐구의 은밀한 지도를 그려나가면서 윤곽을 잡아주었다.

내가 지금 찾아나선 이 인물, 인간과 작품에 대한 나의 탐구과 정을 통해서 조금씩 모습을 드러내는 이 보이지 않는 얼굴은 도대체 어떤 사람인가? 그것은 분명 베토벤뿐만이 아니었다. 작곡가의 그림자를 통해서 나는 이제 나 자신의 그림자 속으로 뛰어들 것이다. 지금까지 겪어온 모든 역경들은 나에게 그만한 용기와 담보를 주었으니까. 과거와 맞서자. 내 삶의 밤을 정면으로 바라보자. 내가 아버지에게 가깝게 다가간 것은 이 무렵이었다. 나는 아버지가 어떤 고난을 겪고 여기까지 오셨으며 이 자리에 우뚝 서셨는지 이해하기 시작했고, 아버지의 있는 그대로의 모습도 이해하게 되었다. 한 인간은 자기 자신 안에 인류 전체를 품고 있으므로 베토벤의 역사도 역시 내 아버지의 역사이고, 나의 역사이기도 했다.

작곡가의 진실을 탐구하는 것은 결국 자기 자신의 진실을 향해서 돌진하는 것이다. 나는 그의 음악이 어디에서 비롯되었는지를 알고 싶었고, 그의 삶의 내면적, 정신적, 사회적, 역사적 맥락과의 관계를 파악했고, 그의 영성의 삶을 파고들었다. 이 모든 요소들은 내 안에 있던, 내가 모르는 영역으로 나를 이끌었다.

베토벤은 실성했다, 베토벤은 귀머거리였다, 또는 당시 사용되던 메트로놈은 그다지 성능이 좋지 못해서 템포가 이렇게 빠르다는 둥, 이 템포로 연주하기는 불가능하다는 둥, 몇몇 사람들이 전통이랍시고 떠들어대는 소리를 들을 때면 나는 결국 그들의 무지와 무기력이 들릴 뿐이었다. 메트로놈 60이 시간 1초에 해당되는 것은 메트로놈의 기본 바탕이고, 베토벤이 살았던 시절의 시계가 뛰던 초수 또한 지금과 변함없이 똑같았는데, 베토벤이 그것을 하나도 모르고 자신의 교향곡, 그리고 수없이 많은 곡들에 메트로놈 60 혹은 120이라고 적어놓았다는 말인가? 조금만 제정신과 논리를 가지고 생각해보면 명백하지 않은가.

음악은 정신을 일깨우기 위해서 만들어진다. 베토벤은 결코 21세기의 엘리베이터나 에어컨이 돌아가는 레스토랑에서 들으라고 작곡하지 않았다. 그는 이를테면 빅뱅(bigbang) 수준의 음악, 천지창조에 해당되는 음악을 썼다. 나는 베토벤에 관한 진실, 다른 음표가 아닌 바로 이 음표를 쓰지 않을 수 없었던 그 이유에 대한 나만의 진실과 독창적인 해석을 찾았다. 왜 이 작품을 다른 작품보다 먼저 썼을까? 왜 이 악기와 저 악기를 함께 썼을까?

"단 하나의 진실만이 존재한다면 같은 주제에 대해서 100장의 각각 다른 그림이 나올 수 없다"라고 피카소가 말했다. 즉, 그의 곡을 연주하는 사람 수만큼의 베토벤이 존재하는 셈이며, 그중에서 나는 나의 베토벤을 지키고 싶고, 그것을 남들에게 들려주고 싶었다.

서대산인 성담 스승님은 "중생의 수만큼 우주가 있는 것같이 음악가 수만큼 각자의 진실이 존재한다. 삶이란 무엇인가라는 질문에 답변은 사람마다 다를 수가 있듯이 어떤 것도 고정되어 있지 않다. 불교에서는 이것을 있기도 하고 없기도 하며, 있는 것도 아니고 또한 없는 것도 아니라고 표현하며 이를 중도법(中道法)이라고 부른다. 중도란 기쁨과 분노, 들뜸과 평온 사이에 있는 그 중간의 어정쩡한 상태를 말하지 않는다. 중도란 진실이 상황에 따라 변하는 방식을 뜻한다. 이는 각각의 상황에서 정확하게 대상에 적중하는 것을 말한다.

예를 들어서 한 여성이 자식을 만나면 어머니가 되고 남편을 만나면 아내가 되고 부모를 만나면 딸이 되듯이 그 어느 상태에도 치우치지 않고 그때 상황에 따라서 융통성 있게 흘러가는 것을 말한다. 이때 우리는 자연스러운 흐름 속에서 평온해질 뿐만 아니라 언제든지 그 상황에 맞는 역할을 할 수 있게 된다"라고 하셨다.

나는 베토벤을 극단적이며 미친 듯한 야욕에 사로잡히는가 하면 은밀한 사랑도 할 줄 아는 남자였으리라고 짐작한다. 그는 군주들에게나 일반 사람들에게나 똑같은 투로 말했으며, 자연을 경배했고, 매일같이, 심지어 비가 오는 날에 우산도 안 쓰고 산책에 나섰고, 소나기 속에서 고함을 지르며 노래를 불렀다. 스승의 그런 격렬한 자유분방한 모습을 보면서 덜덜 떨며 부끄러워 어쩔 줄 몰라 하는 제자이자 악보 필경사였던 페르디난트 리스가 옆에 있든 말든 아랑곳하지 않았다. 그는 여인들의 아름다움을 사랑했지만 실제로는 음악에만 충실했다. 반항적인 그는 나로 하여금 절로 고개가 숙여지도록 만드는 엄청난 에너지로 삶을 끌어안았다. 하이든은 그에게 "당신은 마치 여러 개의 목에 여러 개의 심장, 여러 개의 영혼을 가진 사람 같은 인상을 주는군요"라고 말했다. 정말 그렇다. 베토벤의 내부에는 여러 명의 베토벤이 있고 나는 그 풍성한 존재감이 좋았다. 그의 음악이 그 풍성함을 입증하고 있었다. 나는 내 몸속까지 그의 음악을 알아가는 법을 배웠고, 그의 음악을 좀더 명확하게 규명하기 위하여 그 음악의 역사와 영감의 원천을 방문했다.

나는 베토벤의 정신의 근본, 본질을 찾아 그가 창조자로서 정당한 평가를 받을 수 있는 데에 기여하고 싶었다. 폭풍은 폭풍이지, 곤돌라를 타고 한가하게 돌아다니는 것이 아니지 않은가! 인생은 인생이며, 그 안에는 추운 겨울과 암흑 같은 미친 밤들도 들어 있다. 인생을 총체적으로 끌어안는다는 것은 인생의 폭풍까지도 끌어안는 것이다. 나는 그런 점들을 음악을 통해서 모두 나타내는 것이다. 모든 것을 전부 다 맞아들이고 인정하고 다 존중해주고 싶다. 말하자면 진실과 음악의 결혼이다. 화음 각각은 인류의 한 조각이다. 서른 개의 소나타를 연주하면서 나는 내 안에 온 인류를 펼쳐놓는다. 나 자신을 활짝 펼쳐 보인다.

베토벤 소나타 분석을 할 때 내가 찾는 것은 그의 영감이 내뿜는 신선함과 새로움, 그의 음악이 동시대 사람들에게 불러일으켰을 충격이었다. 베토벤이 작곡할 무렵에는 그의 음악처럼 복잡한 음악이라고는 아직 하나도 쓰이지 않았을 때였다. 그는 메트로놈을 최초로 이용한 사람들 가운데 한 명이다. 그의 「대푸가(Große Fuge)」는 매우 빠른, 미친 듯한 속도로 연주된다. 거의 연주가 불가능할 정도이다. 하지만 그 템포를 일그러뜨리는 것은 그 곡이 가진 의미를 일그러뜨리는 것이다. 그러므로 그 속도를 극복하는 것은 연주자들의 몫이다. 베토벤이 그 곡을 그렇게 썼다면, 그렇게 연주하는 것이 가능한 것이다. 오늘날에도 그의 음악은 여전히 제대로 이해되지 못하는 듯하다. 로저 노링턴 경은 아마도 베토벤을 적절한 템포로 연주한 최초의 마에스트로일 것이다. 그런데 그는 미친 사람 취급을 받았다. 「9번 교향곡」의 느린 악장은 그가 연주한 템포대로면 11분이 걸리는데 대부분의 다른 지휘자들은 19분을 할애한다. 그런데 정말 베토벤의 메트로놈대로 연주하면 11분 정도가 할애된다. "당신은 성령이 나에게 말을 하고 내가 그걸 그대로 받아 적을 때 내가 무슨 바이올린 따위에 신경 쓰는 줄 압니까?" 기교적으로 매우 난해한 부분에 대해서 불평하는 바이올리니스트에게 베토벤이 한 답변이다.

그러나 그 똑같은 베토벤은 메트로놈을 사용하다가 지쳐 결국 하루는 이렇게 선언했다. "메트로놈은 필요 없다! 적절한 감정을 가진 사람이라면 그런 것은 필요하지 않다. 감정이 결여된 자들은……그들 같은 경우는 어차피 메트로놈이 있어봐야 아무 소용이 없는걸!"

앞에서 이미 말했듯이, 가장 높은 차원의 요구는 바로 마음의 요구이다. 그런 까닭에 알프레드 코르토가 한 말을 주의 깊게 들어둘 필요가 있다. "본질만을 옮기기 위해서 악기는 잊어버려라. 그러면 우리도 위대한 인물들에 필적하게 될 것이다."

음악을 통해서 나는 인간을 탐구한다. 그리고 그 역도 성립된다. 그의 궤적은 나에게는 커다란 가르침이다. 왜 그럴까? 그의 음악을 읽어내려가다 보면 늘 내 머릿속에서 떠오르는 질문들 가운데 하나는 바로 "왜 그럴까? 왜 그는 다른 식이 아니라 이런 식으로 썼을까?"였다.

쉰들러가 베토벤에게 「템페스트」라는 제목이 달린 「소나타 op. 31 n° 2」의 의미에 대해서 묻자 베토벤은 셰익스피어가 쓴 같은 제목의 글을 읽어보라고 대답했다. 나도 그래서 즉시 그의 말대로 했다. 셰익스피어의 『템페스트(*The Tempest*)』를 읽었다는 말이다. 그러고 나니 이해할 수 있었다. 그의 소나타를 이해하는 동시에 베토벤도 이해했다. 「템페스트」 1악장에 등장하는 그 희한한 부분을 마침내 이해할 수 있게 되었다. 이제껏 아무도 나에게 베토벤이 왜 그 부분을 흐릿하게 만들었는지, 왜 모든 음표들이 불분명한 웅웅 소리 속에서 마구 뒤섞이면서 바로 페달을 바꾸고 싶을 정도로 심란한 음색을 만들었는지 설득력 있게 설명해주지 못했다. 그런데 거기에는 분명 페달 하나, 오직 하나의 페달이라고 명시되어 있었다. 셰익스피어의 작품을 읽으면서 나는 이해했다.

그 글 속에서 폭풍은 자연 현상이 아니라 밀라노 공작 프로스페로가 가진 마법의 힘에서 비롯된 것이다. 즉 그 희한한 부분, 레치타티보(recitativo)*는 초자연적인 에너지를 향해서 프로스페로가 던지는 기도, 그리고 주문으로서 예외적인 페달 사용으로 그 셰익스피어의 작품에서 배어나오는 비의적인 분위기를 표현한 것이다.

더구나 그는 그의 작품과 삶을 통해서 어떻게 인간이 점차적으로 운명의 타격에 의해서 신의 권능에 복종하게 되는지를 보여주었다. "세상은 원자들의 우연한 결합에 의해서 형성된 것이 아니다. 전지전능한 지성 속에 뿌리를 둔 정립된 힘과 법칙이 이 영원한 질서의 근원이며, 이것은 우연이 아니라 필연이다. 우주의 구성이 반영하는 질서와 아름다움은 우리에게 하나님이 존재하심을 증명한다."

"복종하고 감수하며 또 감수하라! 그리고 가장 깊은 절망의 나락에서도 정신적인 교훈을 얻어 우리가 하나님에게 용서받을 자격이 있는 자가 되도록 하자."

1816년에 이런 글을 쓴 베토벤은 그보다 15년 전에 어린 시절의 친구 카를 아만다에게 자신의 청각장애가 불치병임을 안 후 창조주에 대한 불만을 토로하던 베토벤과는 전혀 다른 사람이었

---

* 일반적으로 서창이라고 번역되는 레치타티보는 "낭창하다", "연극의 대사를 말하다"라는 뜻을 가진 recitare에서 파생되었다. 주로 오페라나 칸타타 분야에서 사용되며, "보통의 화법보다는 높고 노래보다는 억제된 중간의 것"이었다가 점차 줄거리의 전개를 담당하는 빠른 말로 바뀌었다/역주

다. "당신의 친구 베토벤은 자연, 그리고 그 자연을 창조하신 창조주와 완전히 떨어져서 불화 가운데 너무나도 불행하게 살고 있다네. 나는 창조주 자신이 만든 피조물들을 별것도 아닌 것처럼 우연의 손에 그냥 맡겨놓은 것에 대해서 창조주를 원망한 적이 한두 번이 아니네. 그것으로 인해서 최고로 아름다운 꽃도 결국 시들거나 떨어져서 발에 밟히는 운명으로 끝나지 않는가."

나는 그가 벌인 투쟁이 보였다. 어떻게 그의 복종이 자신의 불행을 받아들임으로서 결국 빛의 길로 바뀌었는지. 그것을 베토벤은 음악으로뿐만 아니라 글로서도 적나라하게 표현한다. "너의 운명을 감수하라, 철저하게 감수하라! 그래야만 너는 섬김이 요구하는 희생을 받아들일 수 있을 것이다."

그가 쓴 "불멸의 연인에게 보내는 편지(Lettre à l'immortelle bien-aimée)"에 등장하는 "나는, 언제나처럼 어떤 고난을 무사히 잘 극복하고 나서 느끼는 그 기쁨을 맛보았습니다"라는 대목을 읽는다거나 에르되디 백작 부인에게 쓴 편지에서 "한정된 몸 안에 무한한 정신을 가진 우리는 오직 고통과 기쁨을 위해서 태어났으며, 심지어 우리 중 가장 뛰어난 자들은 고통을 통해서도 기쁨을 건져낸다고 말할 수 있습니다" 등, 그가 쓴 모든 문장들을 읽을 때면, 나는 마치 나를 위해서 쓴 글 같다는 느낌을 받았다.

그가 말하는 기쁨과 고통, 그것은 바로 나의 고통이고 기쁨이었다. 진정으로 살아 있는 숨결, 목마름, 갈망 등 이 모든 것들을 나는 내 안에 담고 있었다. 그렇기 때문에 나는 이 모든 것을 여덟 번의 독주회를 통해서 베토벤의 서른 개의 소나타를 연주하면서 들려주고 싶었다. 그 소나타들의 영감이 베토벤의 심장에 뛰어들어왔을 때 뛰었던 그 심장의 템포로, 그 모든 것을 고스란히 들려주고 싶었다. 나는 그렇게 할 수 있을 것이고, 그렇게 하고야 말 것이었다. 베토벤을 위해서, 우리의 삶에 경의를 표하기 위해서.

6

서른 개의 소나타는 이를테면 각각이 하나의 소설이다. 극한으로 치닫는 치열한 삶을 살았던 한 인간의 인생이 가지는 정수를 기념비적인 작품의 형태로 드러내 보이니까. 그 소나타 전곡을 연주한다는 것은 그의 전 인생을 다시 사는 것이었다. 그 서른 개의 소나타를 나는 흔히들 습관적으로 해왔던 것같이 연대순으로 분류하는 것이 아니라 주제별로 묶기로 결정했다. 그렇게 해야 총 99개의 악장을 효과적으로 파악할 수 있고, 이를 바탕으로 명쾌하게 이해되는 음악적 설계도를 완성시킬 수 있으니까 말이다.

그리고 이 순서로 8일 동안 베토벤 소나타 전곡 연주에 도전할 것이었다.

내 계획을 알리자 주변 사람들은 모두 "불가능하다"고 입을 모았다. 나에게 또 말하는 이 "불가능!" 아, 또 그 소리! 사람들은 나에게 "너무 어리다"고도 말했다. 아, 여전히 그 똑같은 구실! 라비노비치-바라콥스키만은 나를 격려해주었다. 아니 그 이상이었다. 그는 내가 로저 노링턴, 존 엘리어트 가디너, 또는 니콜라우스 아르농쿠르 같은 지휘자들이 녹음한 음반들을 통해서 베토벤 음악 연주의 역사까지도 접할 수 있도록 이끌어주었다. 그는 오랜 준비 과정 동안 계속 살펴보시며 예리한 스승의 눈으로 나를 인도했다. 그가 나에게 보여준 이 흔들림 없는 무한 신뢰가 옳았음을 어서 입증해 보여드리고 싶었다.

나는 플람 콩쿠르 때 심사위원장이었던 여사님과 계속 연락하는 사이였는데, 그분이 파리의 생트크루아 데 자르메니앙 대성당의 책임자를 소개해주셨다. 그리고 결국 그 성당에서 나는 나의 베토벤 소나타를 들려줄 수 있게 되었다.

그리고 드디어 여덟 번의 연주회는 하루에 한 번씩 8일 동안 이어졌다. 각각의 소나타는 내 손가락의 지문 사이사이마다 또렷하게 새겨져 있었고, 각각의 악장은 인류라는 부채 안에 잡힌 하나하나의 주름처럼 유일하게, 그리고 근사하게 활짝 펼쳐졌다.

딴 세상에서 보낸 8일이었다. 내가 지금까지 살아오는 동안 겪은 가장 풍성하고 가장 강렬한 연주 경험임이 분명했다. 음악을 하는 내 친구들은 저녁마다 연주회장을 찾아와 나를 응원했다. 그리고 그들은 나와 함께 베토벤에게, 그의 음악에 경의를 표했다. 리처드 베히와 그의 부인 기젤라 씨는 취리히에서 일부러 파리까지 찾아오셨고, 철학자 프랑수아 필은 매일 저녁 연주회 한 시간 전에 공연장을 찾아와서 나의 리허설에도 참석했다. 한 번도 안 빠지고. 8일 동안의 연주회가 끝나자 그는 나에게 나의 연주에 관한 근사한 경구 모음집을 선사했다.

생트크루아 데 자르메니앙 대성당 연주회로부터 몇 달 후, 앤드류 코널이라는 프로듀서가 재스퍼 패로트의 조언으로 나의 독주회에 참석하게 되었다. 우아하고 세련된 이 영국 신사는 그래미 상을 수상한 수많은 명음반들을 제작했으며, 그 무렵 막 EMI 회장으로 선출된 터였다. 알프레드 코르토, 조지 시프라, 마리아 칼라스, 삼손 프랑수아 등의 음반은 물론, 피아니스트들 가운데 처음으로 베토벤의 소나타를 전곡 녹음한 슈나벨의 음반을 제작하기도 한 EMI를 나는 평소에 동경해왔다.

앤드류 코널이 나의 리스본 독주회에서 들은 라벨과 스크랴빈 작품으로 음반을 녹음하자는 제안을 해왔다. 하지만 나는 여전히 베토벤에 푹 빠져 있던 터라 코널에게 불가능한 제안을 했다. 당돌하게도 나의 베토벤 소나타 전곡 녹음은 어떻겠느냐고 물었던 것이다. 그는 며칠 생각해보겠다고 답했다. 며칠 후 그에게서 전화가 왔고, 답은 예스였다. 그 결정은 영국 EMI 클래식 본사에서도 승인을 받은 것이었고, 유럽과 미국, 그리고 아시아 여러 나라들에 진출한 지사들에서도 찬성했다. 길이 열렸다. 녹음 과정은 물론 포스트 프로덕션 과정에서도 나의 완전한 자유가 보장되었다. 또한 내가 베토벤에 대해서 쓴 에세이, 해설이 CD와 함께 출판되기로 결정되었다.

총 28일에 걸쳐서 녹음 엔지니어 아르노 씨와 매일 아침 피아노를 점검하러 오시는 너무도 친절한 조율사 카즈마 씨와 함께 매일 녹음을 해나갔다. 아주 작은 음색까지도 세심하게 신경을 쓰며 열의를 보이며 같이해준 이들이 너무도 고마웠다. 한 달 동안 계속된 작업이었다. 정말 미칠 듯이 강도 높고 그러면서도 아름다운 한 달이었다. 나의 사랑이 성취되고, 음악을 향한 나의 경의가 정당하게 표현되고 존중된 한 달.

하루는 우리가 「템페스트」를 녹음하는 날이었다. 때마침 하늘에서는 무서운 기세로 폭풍우가 몰아쳤다. 마이크 장치 때문에 걱정은 되면서도 나는 행복했다. 베토벤이 거기에 있다는 것을 알고 있었으니까. 그리고 나의 진실된 자신에게 진정으로 충실한 것이야말로 베토벤에게 최대의 경의를 표하는 거라는 것도 알고 있었으니까.

"이 세상은 나한테 거의 중요하지 않다. 내가 세상에 빚진 것이 있다는 점만 뺀다면 말이다. 30년 동안 이렇게 세상에서 유유자적했으니 그 은혜를 갚아야 하지 않겠는가. 그러기 위해서는 감사하는 마음으로 데생이나 그림 몇 점 정도는 남겨야 할 의무가 나에게 있는 것이다. 하지만 이 그림들은 이런저런 시류에 맞추며 누구에게 잘 보이기를 위해서 그려진 것이 아니라 진실된 인간의 감정을 표현하기 위해서 그려진 것이다"라고 반 고흐가 말했다. 서른 개의 소나타를 녹음한 내 최초의 음반을 손에 들고 나는 처음으로 이 세상을 향해서 "고맙다"고 또박또박 말했다.

7

오래도록 나는 베토벤 가까이에 머물렀다. 차마 그를 떠날 수 없어서 다른 작곡가들의 곡은 거의 숨어서 연주하다시피 했는데, 이상하게도 그를 "배신한다"는 묘한 감정이 들었다. 그리고 바흐가 나에게 왔다. 어렸을 때 나는 진정한 피아니스트라면 베토벤 소나타 전곡과 바흐의 「평균율 클라비어 곡집」 전곡은 마스터해야 한다고 생각했다. 그런데 그 곡들을 전부 외워서 연주회에서 라이브로 연주하는 피아니스트들은 뜻밖에 아주 드물다. 전 세계를 통틀어 우리는 한 서너 명 정도 될 것이다. 24개 프렐류드와 24개 푸가 속에는 장조와 단조의 모든 음계가 다 들어 있다. 그렇기 때문에 대부분의 콩쿠르에서 한두 개씩 지정곡으로 애용된다. 학생들은 너무도 상투적인 방식으로 이 곡들을 연주하는데, 오히려 그와 반대로 근사한 상상력을 발휘할 용기를 내어야 한다. 그 이유는 대위법의 명확성을 기본으로 마스터해야 하는 것은 말할 것도 없고 그것은 결국 이루 말할 수 없는 숭고함의 표현에 도달하기 위한 수단에 불과하기 때문이다.

쇼팽은 베토벤이 우주를 채색했다면 바흐는 음악의 건축가라고 말한다. 바흐는 음악의 정상일 뿐만 아니라 음악의 아버지, 혹은 수학적인 작곡가라고 흔히 말한다. 하지만 나는 바흐의 평균율 전곡을 접할 때 그에 대한 모든 고정관념을 내려놓고 마음을 비우고 처음부터 다시 시작한다. 그의 음악이 얼마나 살아 숨쉬는지를 듣는다. 이 음악을 누가 작곡했는지조차 잊어버리고 신선하게 듣는다.

바흐는 지극히 우리와 같은 평범한 사람이었다. 어느 여인의 남편이었고 설교 시간에 와인을 마시러 자리를 은근슬쩍 빠져나와 해고당할 뻔한 적도 있고 교회에서 연애를 하다 걸려서 아른슈타트 교회에서 소동을 일으켜 분노의 화살을 한 몸에 받은 젊은 오르간 연주자였다. 한때는 영웅이 되고 싶어 길에서 친구들과 칼싸움을 하던 혈기왕성한 젊은이는 학생이자 선생님이었고 대다수 사람들처럼 당시의 "스타" 디트리히 북스테후데의 열렬한 팬으로서 그를 졸졸 따라다니는 그런 사람이었다. 요한 제바스티안 바흐 또한 우리들 각자와 마찬가지로 진정한 자신을 찾고 진실된 삶을 살기 위해서 노력했다.

나는 서른 살이 되기 전에 가장 위대한 작곡가들이 남긴 가장 기본적인 피아노 레퍼토리를 모두 마스터한 뒤 이를 음악회에서 연주하고 싶다는 욕망을 늘 가지고 있었다. 이제 나는 실제로 그 곡들을 빠짐없이 모두 탐색하고 청중들 앞에서 연주했는데, 브람스의 「피아노 협주곡 nº 2 B장조」가 제일 마지막까지 숙제로 남아 있던 곡이었다. 오래 전부터 짝사랑만 해왔던 이 곡은 나뭇 잎이 첫 이슬에 파르르 전율하듯 나의 마음을 떨리게 했으며 동시에 불같이 타오르는 곡이다! 블라디미르 호로비츠가 장인이자 오케스트라 지휘자인 아르투로 토스카니니와 함께 연주한 버전은 43분 걸리는 반면 대부분의 다른 버전은 53분 정도가 걸린다. 이 협주곡은 심오한 철학을 담고 있으며 몇몇 택함을 받은 자들만이 접근 가능하다는 이야기가 종종 들렸지만, 나에게는 오히려 참을 수 없을 정도로 마음을 고양되게 만드는 정열적인 음악이었다. 그 곡을 15년 넘게 머릿속으로 생각만 하다가 2015년 3월에 열린 음악회에서 짝사랑만 해왔던 이 곡을 마침내 연주할 수 있었다.

나의 몸으로도 마음으로도 소화시킨 이 위대한 작곡가들의 작품들을 청중들과 교감하는 영예를 얻을 수 있었던 것은 그야말로 하늘이 내린 선물이었다. 그러나 여기에 만족하지 않고 지금부터는 나는 또다른 차원의 탐구를 시작한다.

"어린아이들에게 너무 많은 가르침을 주려는 것은 그 아이들을 빨리 자라라고 억지로 잡아당기는 것과 다를 바 없다. 따뜻한 격려가 회초리보다 훨씬 효과적이다. 당신의 아이들에게 절대로 바보라는 말 따위는 하지 말아야 한다. 그런 말은 긍정적이고 평온한 표정보다 결코 나을 것이 없다"라고 16세기 한국 문필가 퇴계 이황이 말했다. 나는 그 말을 믿는다.

재능이란 무엇일까? 재능이란 어떤 것을 좋아한다는 것이다. 거기에서 사랑이 담긴 도약이 분출하고, 겸허하게 연습함을 반복함으로써 예술을 빚어낼 수 있다. 즉 모든 이들은 재능을 타고난다. 나는 항상 겸손함보다 겸허함이라는 말을 선호한다. 겸손함(modestie)은 온건, 중용, 절제 등을 뜻하는 라틴어 modestia에서 온 반면 겸허함(humilité)은 대지, 흙, 땅 등을 의미하는 humus에서 파생되었다.

겸허함이 자긍심과 만나면 조화가 이루어진다. 서대산인 성담 스승님의 설명에 따르면 "진정한 겸허함은 모든 생명체들의 상호의존성과 상호연결성을 확실히 파악하여 실천하며 살아가는 것이다. 즉 덕분인 줄 알고 감사하며 살아가는 것이다."

나는 마음 깊이 하모니를 믿는다. 아니, 더 나아가 이 세상에는 하모니가 존재한다는 것을 안다. 그 하모니는 누구도 무너뜨릴 수 없고, 무너질 수도 없다. 어떤 사람들은 그것을 근원이라고도 하고 하나님, 신, 우주적 의식, 창조주, 알라, 혹은 부처라고들 하는데, 나는 그것을 하모니라고 부른다.

앞으로 나의 도전은 어떠한 특정 작품을 마스터하는 데에 있지 않다. 음악이 가능하게 만들어주는 청중과의 영적 합일을 이루는 데에 있다. 그러기 위해서는 예전만큼의 끊임없는 연습과 탐구가 물론 필요하지만 그 바탕에 깔린 본질이 바뀌었음을 나는 알고 있다. 이제 나에게는 예전과는 다른 길이 시작되었다.

바로 깨달음의 길, 침묵의 길이다. 내가 연주회를 통해서, 객

석과 내가 하나가 될 정도로 음악의 은총이 느껴질 때면 이따금씩 만났던 길이다. 피아노는 우리가 음악을 통해서 서로가 서로에게 연결되는 그 공간을 열어준다. 그러면 나는 세계와 하나가된다. 말이 필요 없고 표현을 초월하는 음악이라는 것을 통해서 아름다움을 찾고자 연주회장을 찾은 청중 한 분 한 분과 하나가된다. 그 한 사람 한 사람은 음악 안에서 강렬히 지금 여기 현재에 있으며 그들의 목마름이 음악을 통해서 나의 목마름과 하나가 되는 것을 느낀다. 그들의 본질과 나의 본질이 만나 하나가되는 것을, 그리고 그때 드디어 침묵에 닿는 것을 느낀다. 하나님의 가장 아름다운 형태 중 하나인 침묵.

8

열두 살에 한국을 떠나 프랑스로 갔을 때, 자유롭다는 것은 곧 파리 국립고등음악원에 들어가는 것을 의미했다. 지금은 오직 하나의 자유만이 있다. 바로 내면의 자유이다. 내가 음악을 통해서 찾고자 하는 자유도 그것이다. 이렇듯 나의 추구는 완성되기는커녕 이제 겨우 시작 단계이다.

지금껏 걸어온 길에 대해서 자랑스러울 수로 있겠지만, 이제부터 가야 할 길 앞에서는 아! 나 자신이 얼마나 겸허해지는가! 내가 가야 할 길. 그 길은 세계 역사가 보여준 그 어느 길과도 같지 않다. 그 길에는 나약해지는 날도 고통스러운 날도 있을 수 있고, 공연히 애태우는 밤, 힘든 노역의 아침, 은총의 저녁이 있으며 낯선 아름다움과 연약한 포기, 단순한 고단함도 있을 수 있다. 나는 더 이상 그 길을 다른 사람의 길과 비교하지 않는다. 나는 그 길이 우주라고 하는 거대한 양탄자를 구성하는 아주 가느다란 한 가닥의 실에 불과하다는 사실을 잘 알고 있다. 한 가닥의 실이지만, 그 실은 존재라고 하는 무한한 풍경을 구성하는

데에 있어서 다른 실보다 더도 덜도 아닌 만큼 필수적이다.

각자가 가진 소중하고 독창적인 특성에 대해서 서대산인 성담 스승님은 이렇게 말하셨다. "다르기 때문에 가치가 있고, 그래서 더욱더 소중하다. 가지각색 다양한 다름 덕분에 우리의 세상은 아름다운 것이고 그 다름을 이해하고 인정할 때 우리는 다름을 불편으로 느끼는 것이 아니라 오히려 자양분으로 삼아 승화시켜 더 위대한 조화를 이룰 수 있게 만든다."

서대산인 성담 스승님은 잊혀져가는 우리 민족의 고유의 소리인 "짓소리" 창법을 소유한 소리인이고 행복기술원의 창립자이다. 엄마는 그분을 텔레비전으로 먼저 접하신 후 그분이 전한 가르침, 즉 우리들 각자 안에 부처가 있으며, 우리 모두는 온전하고 완전해서 더하고 뺄 것이 없으니 이 완전함을 삶에 표현하고 드러내라는 내용에 깊은 감명을 받으셨다. 그리고 나에게 꼭 그분을 만나야 한다고 입버릇처럼 말씀하시고는 하셨다. 몇 달이 지나도 계속 그분의 강의를 들어볼 것을 권유했고 결국 나는 나의 아이폰의 팟캐스트를 통해서 처음 그분의 설법을 접하게 되었다. 순간 나에게 이분은 지구에 꼭 오지 않으셔도 되었는데 일부러 오셨구나, 하는 느낌이 들었다.

2014년 가을, 로저 노링턴 경이 지휘하는 취리히 체임버 오케스트라와의 아시아 순회 공연길에 나는 한국에 들렀다. 한반도 남쪽의 그분이 기거하는 산사에 꼭 가야 한다고 엄마가 우기는 바람에 우리는 조카 둘과 같이 출발했다. 그곳에서 나는 편하고

소박하며 친근한 느낌을 주시는 우리나라 조선시대의 전통적인 선비, 혹은 현자를 만난 느낌을 받았다. 우리의 대담은 세 시간 가량 계속되었는데 정말 특별한 만남이었다.

그분은 지금까지 약 4,900일 동안, 즉 2003년 5월 25일부터 그의 제자들과 함께 모든 생명들의 진정한 행복을 위하여 합동 새벽기도를 하고 계신다. 그리고 수많은 이들에게 그 행복을 전수하며 많은 이들의 삶에 큰 반향을 불러일으켰다. 여기서 말하는 진정한 행복이란 무엇을 뜻하는 것일까? 스승님에게 물어보았다.

"진정한 행복은 그 어떤 외부조건에도 상관없이 지금 여기 내 마음이 행복으로 가득 차 있는 상태를 말합니다.

나 아닌 것이 없으면 내가 존재할 수 없다는 것을 알아차리고 깨닫는 순간 이 세상 모든 것과 나는 하나가 됩니다. 이것을 아는 사람은, 모두가 행복할 수 있으려면 내가 진정으로 행복해야 한다는 것을 깨닫지요. 내가 행복으로 충만되어 있어야만 다른 이에게 행복을 줄 수 있는 것이지요."

그 특별함의 깊은 감동은 2015년 7월 더블린에서 열린 국제 피아노 페스티벌에 내가 스승님을 초청하는 기회로 이어졌다. 판소리의 원조인 짓소리는 가슴을 찢는 듯한 쉰 목소리로 한국인의 상처받은 마음을 위로해주는 노래이다. 이 노래를 그분은 30년 넘게 매일 새벽마다, 그리고 하루에도 몇 번씩 기도할 때마다 부르셨다. 그분에게 노래는 즉 기도인 셈이다. 여기서 내가 놀란 점은 이 짓소리를 음악인이 되기 위해서, 혹은 연주를 하기 위해서 무슨 목적을 두고 일부러 연습을 하는 것이 아니라 자연스럽게 그의 영성수행의 하나로서 언제나 하는, 그저 기도일 뿐이라는 것이었다. 음악을 한다, 혹은 연습을 한다는 개념 없이, 예술을 하고 있다는 그런 생각조차 하지 않고 단지 매일 하는 기도를 노래로 표현할 뿐이라는 것이었다.

스승님의 실력은 대단하고 이것은 천상의 마에스트로께서도 듣고 극찬하신 그런 목소리라고 말씀드렸더니 자신은 음악의 음자도 모르는 사람이라고 하는 것이다. 한마디로, 자신이 음악인인 줄도 모르는 음악인인 것이다! 가장 순수하게 근본적으로 음악을 하는 자신이 음악인인 줄도 모르는 음악인, 그래서 더욱더 강렬한 음악인.

그래서 나는 피아노와 짓소리의 조합을 통하여 어둠에서 빛으로 나아가는 도약을 청중들이 체험할 수 있기를 소망하며 더블린에서 열릴 연주회에 스승님을 초대했다. 그 도약은 우리 모두의 도약이기에.

스승님은 이제 나를 엄마의 품에서 우주 어머니의 품으로 인도하셨다. 우리들 각자 자기 안에 간직하고 있는 우주적인 모성의 힘에 나 자신을 맡길 시간이 된 것이다. 내가 늘 그토록 향기롭고 그토록 연약한 꽃이라고 여겨오던 엄마는 어느새 보호받을 필요조차 없는 분으로 거듭나 있었다.

몇 달 후, 긴 전화 통화 끝에 엄마가 짧게, 그러면서도 부드럽게 말씀하셨다.

"이제 너의 인생을 살려무나. 정말 네가 원하는 것을 하며, 너를 위해서 살려무나."

＊

뇌샤텔

1

나는 아름다운 풍광과 평온함을 가진 스위스의 뇌샤텔에 정착하기로 결정했다. 이곳은 유럽의 심장부에 해당된다. 북쪽에는 삶과 창작에 대한 베토벤의 열정, 끝도 없이 나를 요동치게 만드는 바흐의 나라 독일이 있고, 서쪽에는 나의 사춘기를 보낸 나라, 쇼팽과 라벨이 사랑한 프랑스가 있고, 동쪽은 헝가리 출신 리스트와 열다섯 살의 나를 뒤흔들어놓은 그의 소나타가 있다. 그리고 조금 더 멀리는 러시아와 스크랴빈, 라흐마니노프가 있고, 남쪽으로는 비발디와 나의 어린 시절을 수놓은 그의 「사계」가 있다.

거기에서 서쪽으로 조금 더 멀리 가면 내 나라의 한이 묻은 노래를 기억에서 끄집어내게 만드는 스페인의 민요, 플라멩코가 있다. 내가 사는 곳은 음악의 심장부, 그러니까 내 꿈의 심장부이기도 하다. 노란 머리에 파란 눈, 긴 코를 가진 여자아이들이 있는 곳.

쉴 새 없이 이동하며 열리는 연주회들이 끝나면 나는 이곳에서 나 자신을 재충전한다. 나는 시내 한가운데에 산다. 시장이 있는 광장과 거리의 악사들, 카페 테라스들이 만들어내는 즐거운 왁자지껄한 소리들 덕분에 내 피아노 소리쯤은 아무도 개의치 않는 곳이다.

도시가 만들어내는 웅성거림은 나를 안정시켜준다. 내 가까이에 이렇게 많은 사람들이 있다는 것이 참 좋다. 내 몸을 상큼하게 회복시켜주는 매끈하고 파란 호숫가에는 갈매기들이 노닐고 백조들은 하얀 음표들처럼 떠다닌다. 호수 안에 들어가면 새벽 산 옆에 보이는 숲을 더 잘 음미할 수 있다. 물은 차갑지만 그때 들리는 침묵은 이루 표현할 수 없다. 연주회에서 만나는 은총과 같이. 음악을 통해서 침묵의 호수로 들어갈 때 모든 불안감이 나를 떠나고, 나의 몸이 기쁨에 떨면 나는 눈물을 흘린다.

프랑스에서 연주할 때면 운다. 아주 많이 운다. 친구들이 청중들 속에 앉아 있는데 난 친구들과 함께, 우리 모두가 같이 함께 연주하는 것 같다. 한국에서도 운다. 특히 예술의 전당에서 나는 다른 어느 곳에서보다 많이 운다. 드디어 전적으로 나의 거처와 강렬하게, 그리고 진정하게 소통하고 있기 때문이다. 그곳은 안전과 사랑이 있는 곳, 용서와 평화가 있는 곳이다. 침묵의 거처이기도 하다. 그곳을 내 거처로 삼을수록 더욱 음악은 나에게 다가온다.

이따금씩 나는 열두 살 소녀였던 나를 기억한다. 그 아이의 완강하고 꿰뚫는 듯한 시선, 내가 지금까지도 악착같이 지키고 있는 그 시선. 나는 그 아이의 용기와 힘을 축복한다. 그 아이 덕분에 지금의 내가 있기에. 그 아이, 그리고 나의 예술이 존재할 수 있도록 가능하게 만들어주신 모든 이들 덕분이다.

서대산인 성담 스승님께서는 내가 이 책을 준비하고 있다고 말씀드리자 "책을 한번 출판하려면 30년 이상 된 수많은 나무들의 생명을 거두어야 합니다. 그러므로 누구든지 책을 쓴다면 나무들이 목숨을 바칠 만한 가치가 있는 내용이어야 합니다. 그렇지 않다면 책을 쓸 필요가 있겠습니까?"라고 말씀하셨다.

스승님은 또 우리가 도와준 덕분에 산다는 것을 깨닫기 위해서는 냉철하게 우리의 삶을 한번 관찰해보라고 하셨다. 즉 자기 자신이 했다고 뽐낼 수 있는 비율은 우리의 삶에서 고작 5퍼센트도 안 된다는 것이다. 스승님은 우리가 95퍼센트 이상은 도움을 받아 살아가는 것을 깨닫는 것이 얼마나 중요한지 일깨워주셨다. 그때 우리는 "내가 했다, 내가 한다"라고 내세우는 것이 아니라 "덕분에 했습니다, 덕분에 합니다"라는 관점으로 바뀌게 된다고 하셨다.

피아니스트로서 생각을 해보자.

어린 시절에 누가 나를 응원했는가?

누가 나를 믿었던가?

무대까지 누가 피아노를 옮기는가?

누가 그 피아노를 만드는가?

누가 연주회를 조직하는가?

누가 음반을 제작하는가?

누가 그 음반들을 듣는가?

누가 음악회장을 찾는가? 누가?

그렇다. 연주자로서 존재할 수 있는 것은 "내 덕분"이 아닌 "모든 이들의 덕분"이다.

아버지께 나를 소재로 한 책이 나올 것이라고 말씀드리자 아버지는 어린아이처럼 나에게 물으셨다.

"얘야, 너의 음악성이 아버지에게서 물려받은 것이라고 그 책에다 그렇게 쓰면 안 되겠냐? 그렇게 꼭 써라잉."

나는 지금도 아버지의 노래가 들린다. 아버지의 목소리를 통해서 전 민족의 목소리가 들린다. 조국의 사랑을 외치는, 하지만 상처받은 목소리.

세월이 흐르고 나이가 지긋이 드시며 아버지는 한결 편안해지셨다. 엄마는 우리 집의 중심, 대들보가 되었고, 한이 맺힌 과거에도 불구하고 두 분은 두 분만의 유일한 형태의 행복을 만들어내셨다.

엄마의 온화함은 영원할 것이고, 밤이 지면 낮이 오는 땅의 루바토는 끊임없이 연주될 것이며 우주에 울려퍼지는 침묵의 소리 또한 영원히 이어질 것이다.

에필로그

나를 낳아주신 부모님께 이 책을 바친다. 그리고 이 책을 쓰는 동안 많은 격려와 성원을 보내주신 서대산인 성담 스승님께도 이 책을 바친다.

사실 예전에는 아무개가 살아생전에, 그것도 젊은 나이에 자서전을 냈다는 소리를 들으면 그것 너무 교만한 것 아니냐며 콧방귀를 뀌며 비웃었다. 그런데 프랑스 출판사 알뱅 미셸, 그것도 내가 너무 좋아하는 베르나르 베르베르 작가가 소속된 출판사에서 나에게 자서전을 내자고 연락이 온 것이다. 다른 사람도 아닌 나에게. 정말 어처구니가 없었다. 자서전이라니, 말도 안 됐다. 그리고 솔직히 말해서 다른 사람들 눈에 내가 콧방귀 뀌었던 그런 교만한 종족들처럼 보이고 싶지 않았다.

그때 성담 스승님께서 나에게 물어보셨다. 꿈이 무엇이냐고. 하나는 클래식 음악을 대중화시키는 것, 그리고 또 하나는 내가 어렸을 때부터 너무 당연하다는 듯이 순진하게 선포했던 세상에 빛을 전하는 것이라고 말했다.

스승님께서는 만약 나의 이야기를 통하여 좀더 많은 사람들이 클래식 음악에 관심을 가질 수 있고 또 그들의 인생에 조금이라도 도움이 될 수 있다면 이것은 마땅히 해야 하는 일이라고 하셨다. 그리고 그것이 세상에 바치는 선물이라고. 오히려 기회가 주어졌을 때 그 기회를 잡지 않고 나의 이야기를 내 안에만 안전하게 움켜쥐고 있는 것이 이기적인 일이라고 하셨다.

멍했다. 내가 생각하던 것과는 완전 거꾸로였던 것이다.

결국 자신감을 가지고 이 책을 용기 있게 쓸 수 있도록 응원해주신 스승님, 정말 덕분입니다.

특히, 내가 너무나도 존경하고 사랑하는 부모님, 자신들의 이야기를 나에게 허물없이 맡겨주시고 그저 나를 무한히 신뢰해주신 부모님께 정말 가슴 깊이 감사드린다.

부모님 덕분에 진솔하게 모든 것을 이야기할 수 있었습니다.

엄마, 아빠의 영원한 막내딸로서. 영원히 사랑합니다.

감사의 말

나는 티에리 리요네와 장 무타파에게 깊이 감사한다. 그들이 아니었다면 이 책은 세상 밖으로 나오지 못했을 것이다.

그리고 당연히 로랑스 노베쿠르에게도 감사한다. 그녀는 나의 어린 시절이 가지는 절대성과 그 시절 내가 내지르지 못하고 안으로 삼켰던 외침을 듣고 위로했으며, 언어로 표현해주었다.

참고 문헌

Arthur M. Abell, *Entretiens avec de grands compositeurs*, Éditions du Dauphin, 1982.

Ludwig van Beethoven, *Carnets intimes*. Suivis du *Testament d'Heiligenstadt*, Buchet-Chastel, 2005.

Les Lettres de Beethoven. L'intégrale de la correspondance (1787–1827), Actes Sud, 2010.

Alfred Cortot, *Cours d'interprétation*, recueilli et rédigé par Jeanne Thieffry, Slatkine Reprints, 1980.

Jean-Jacques Eigeldinger, *Chopin vu par ses élèves*, Fayard, 2006.

Harold C. Schönberg, *The Great Pianists. From Mozart to the Present*, Simon and Schuster, 1987.

Vincent Van Gogh, *Lettres à son frère Théo*, Gallimard, 1988.